诗词与修辞

方光夏 著

·南京·

图书在版编目(CIP)数据

诗词与修辞 / 方光夏著. —— 南京：东南大学出版社，2019.10
　ISBN 978-7-5641-8467-4

　Ⅰ.①诗…　Ⅱ.①方…　Ⅲ.①诗词－修辞－研究－中国　Ⅳ.①I207.22

中国版本图书馆 CIP 数据核字(2019)第 133211 号

诗词与修辞

作　　者：	方光夏
出版发行：	东南大学出版社
社　　址：	南京市四牌楼 2 号　　邮编：210096
出 版 人：	江建中
网　　址：	http://www.seupress.com
电子邮箱：	press@seupress.com
经　　销：	全国各地新华书店
印　　刷：	南京玉河印刷厂
开　　本：	850 mm×1168 mm　1/32
印　　张：	6.5
字　　数：	163 千字
版　　次：	2019 年 10 月第 1 版
印　　次：	2019 年 10 月第 1 次印刷
书　　号：	ISBN 978-7-5641-8467-4
定　　价：	35.00 元

本社图书若有印装质量问题，请直接与营销中心联系。电话(传真):025-83791830

前 言

关于诗词、修辞与表现手法。

诗词,本指唐初形成的近体诗和宋朝盛行的曲子词(简称"词"),唐、宋、元、明、清以诗赋取士。"五四"前后的"新文化运动"将诗词纳入"旧文化",废弃格律,提倡所谓"新诗"。中小学近百年不教诗词格律,致使多数人对诗的认识有误,只知外部特征,不懂内在格律(平仄粘对)。现在从上到下称诗为"诗歌""古诗""古体诗""旧诗""旧体诗",均不恰当。从西周到唐初,采诗入乐,称"诗歌"尚可,中唐以后开始出现曲子词,历经五代十国发展到北宋,从朝廷到民间,都以词入乐,俗称"按谱填词"。南宋灭亡,元曲代替了宋词,直至清末。故"诗歌"之称,早已时过境迁,有悖现实。诗,不等于歌,歌亦不同于诗。从西周到南北朝,诗无固定格律。南朝宋周颙作《四声切韵》,沈约撰《四声韵谱》,首次提出四声八病等音韵理论,发展到唐初成熟定型,唐人认为是本朝形成的诗,故称"近体诗"或"唐诗",简称"诗",乃唐人口气,一直沿用至今。因诗有固定格律,俗称格律诗,简称律诗。至此,遂对唐代以前不合律的诗统称古风或古诗,以别近体诗,即唐诗。唐代以前的各种古体诗,就此退出历史舞台。国家开始以唐诗取士,并颁布了《唐韵》。本书修辞格式中所举的例诗例词,皆为传统诗词,即格律诗词。

修辞,即修饰辞语,多指一句话。一句中一般只含一个辞格。

诗词与修辞

辞格，是修辞格式的简称。格式，就是方式、方法，如比喻、夸张等。一句中用一个辞格比较多，如"山花如绣颊，江火似流萤"（李白《夜下征虏亭》）；"花红易衰似郎意，水流无限似侬愁"（刘禹锡《竹枝词》）；"危楼高百尺，手可摘星辰"（李白《题峰顶寺》）；"白发三千丈，缘愁似个长"（李白《秋浦歌》）等。有的诗句或词句，同时具有两种修辞格式，如白居易七律《春题湖上》颈联："碧毯线头抽早稻，青罗裙带展新蒲。"两句中分别含有比喻和倒装。将稻穗比作碧毯线头，把新蒲比作青罗裙带。两句为韵律所限，又必须对仗，故均作倒装句型。欧阳修词《望江南》："身似何郎全傅粉，心如韩寿爱偷香。"将蝴蝶外表比作何郎（晏），内心比作韩寿，两句均为比喻，同时又都是用典。有的词因兼有多种手法，会出现在不同的辞格中，如《如梦令·秋在何处》，就先后出现在"拟人""排比""叠句""无理"中。

表现手法，即写作方法。格律诗词受平仄、粘对、音韵、对仗、词调等制约，遣词造句有时不同于其他文体。如"倒装"句、"省字"句等，此类句型在格律诗词中随处可见，在其他文体中除古代戏曲以外很难看到，所以王安石称诗语为"诗家语"。表现手法除"尾句宕开"，一般不限于一句之中，多指一首诗或一首词的部分内容。换句话说，一种表现手法中可能含有几种辞格或不含辞格，辞格散布在表现手法中。

方光夏

2017年7月13日脱稿于南京市滨江居所
2018年7月22日修改于南京市滨江居所

凡 例

一、本书共分三章。第一章"修辞",第二章"近体诗常用辞格",第三章"曲子词常用辞格"。

二、第二章近体诗常用辞格共列举二十八种,比第三章曲子词常用辞格多"回环""互文""省字",少"叠句""叠韵""重词轻置"。原因是"回环"辞格能用于诗不能用于词。因五言诗每句五个字,七言诗每句七个字,每句字数都一样。而词则不同,词句的字数有多有少,多到十个字,少到一个字,并非千篇一律,同时,韵脚位置也不固定。至于"互文"与"省字",词中虽有,但出现的频率较低,故未列举。而词中的"叠句""叠韵"辞格,同样不能用于诗中。因诗句讲究平仄粘对,避免重韵。"重词轻置"在诗中亦不多见,故略。就总体而言,按谱填词,遣词造句要比推敲诗句相对灵活些。

三、第二章所举例诗按字数多少安排先后,依次为:五绝、五律、七绝、七律。同类体裁一般以作者出生先后为序。其中五律、七律只截取运用有关修辞手法的两联,以利节省篇幅。

四、第三章所举例词不分体裁,单片词录取全首,双片词只录取其中运用相关辞格的一片,另一片省略。其中有少数双片词上、下片都涉及有关修辞手法,则保留全貌。

五、凡运用修辞手法的字句及相关字句的字体,均加粗,以便识别。

目 录

第一章 修辞 ··· 1
第一节 修辞起源 ··· 1
第二节 修辞含义 ··· 1
第三节 修辞意义 ··· 3
第四节 修辞分类 ··· 4
第五节 修辞现状 ··· 5
第六节 诗词中的修辞 ··· 7

第二章 近体诗常用辞格 ··· 10
第一节 比喻 ··· 10
第二节 夸张 ··· 16
第三节 拟人 ··· 19
第四节 排比 ··· 20
第五节 对偶 ··· 24
第六节 叠字 ··· 26
第七节 设问 ··· 28
第八节 反诘 ··· 29
第九节 借代 ··· 31
第十节 联想 ··· 36
第十一节 示现 ··· 38
第十二节 跳脱 ··· 39

第十三节　映衬 …… 41

  第十四节　层递 …… 42

  第十五节　用典 …… 44

  第十六节　倒装 …… 51

  第十七节　省字 …… 53

  第十八节　顶真 …… 56

  第十九节　互文 …… 57

  第二十节　回环 …… 59

  第二十一节　语含哲理 …… 60

  第二十二节　正话反说 …… 64

  第二十三节　谐音双关 …… 65

  第二十四节　缘情造景 …… 67

  第二十五节　高度概括 …… 70

  第二十六节　无理而妙 …… 72

  第二十七节　尾句宕开 …… 76

  第二十八节　不着声色 …… 79

第三章　曲子词常用辞格 …… 82

  第一节　比喻 …… 82

  第二节　夸张 …… 88

  第三节　拟人 …… 90

  第四节　排比 …… 93

  第五节　对偶 …… 98

  第六节　叠字 …… 103

  第七节　叠句 …… 107

  第八节　叠韵 …… 111

  第九节　设问 …… 113

目　录

第十节　反诘……………………………………… 115

第十一节　借代…………………………………… 118

第十二节　联想…………………………………… 123

第十三节　顶真…………………………………… 125

第十四节　示现…………………………………… 128

第十五节　跳脱…………………………………… 131

第十六节　映衬…………………………………… 133

第十七节　层递…………………………………… 135

第十八节　用典…………………………………… 137

第十九节　倒装…………………………………… 144

第二十节　语含哲理……………………………… 147

第二十一节　正话反说…………………………… 151

第二十二节　谐音双关…………………………… 152

第二十三节　缘情造景…………………………… 153

第二十四节　高度概括…………………………… 157

第二十五节　无理而妙…………………………… 158

第二十六节　尾句宕开…………………………… 161

第二十七节　不着声色…………………………… 165

第二十八节　重词轻置…………………………… 168

附录一　诗体、诗题、诗法主要词语简释………… 169

附录二　四呼五音与近体（格律）诗的语法特点… 174

附录三　读词常识简要…………………………… 189

第一章 修 辞

第一节 修辞起源

"修辞"二字首次见于《周易·乾·文言》九三爻辞:"修辞立其诚,所以居业也。"乃孔子晚年读《易》解经之语。意为"修饰言辞,建立诚信,才能积蓄功业"。"居",积。说话出于诚心诚意,是积蓄功业的门道。《文选·闲居赋》曰:"是以资忠履信以进德,修辞立诚以居业。""资",凭借。"履信",履行诺言。"进德",增进美德。"修辞立诚",指言语恰当,诚实守信。《周易折中》引程子曰:"修其言辞,正为立己之诚意。"《汉语大词典》视"修辞"与"立诚",为表现与被表现的关系:"修辞立诚,谓撰文要表现作者的真实意图,不可作虚饰浮文。"

修辞,后作语言学术语,常与修辞学相连。修辞学,作为语言学的一门学科,是现代才有的,属于年轻学科。

第二节 修辞含义

"修辞"二字,作为两个单词,现代修辞学家有两种解法,即广义与狭义。广义认为:"修"应解作调整或适用,"辞"应解为语辞(语言);"修辞",就是调整或适用语辞。狭义认为:"修"当解作修饰,"辞"当解为文辞;"修辞",就是修饰文辞。究竟是"语辞"还是"文辞"? 是"调整"还是"修饰"? 当代学术界对"修辞"二字的理解与认知,各有见解。

修辞作为一门学科,对"修辞"的含义,现代的经学家、易学家、文论家、语言学家、修辞学家等都从不同的角度予以诠释,综合起来,大体可分四种类型:

一、"修理文教"说。

二、"修饰言辞"说。

三、"修省言辞"说。

四、"立言"说和"作文"说。

所谓**"修理文教"**,即让文化教育完善美好而有条理。"修理",美善有条理。《汉书》卷八三《薛宣传》谷永疏:"崇教养善,威德并行,众职修理,奸轨绝息。""疏",注疏。"众职",泛指众臣。"奸轨",为非作歹的人。"文教",古指礼乐法度,文章教化。汉代荀悦《申鉴·政体》:"宣文教以章其化,立武备以秉其威。""章",彰显。"秉",秉承。今为文化教育的简称。

所谓**"修饰言辞"**,即修改润饰词句。"修饰",指文字的修改润饰。《论语·宪问》:"为命,裨谌(pí chén)草创之,世叔讨论之,行人子羽修饰之,东里子产润色之。""为命",指起草诸侯盟会的文辞。言辞,说话所用词句。《韩非子·奸劫弑臣》:"循名实而定是非,因参验而审言辞。"

所谓**"修省言辞"**,就是修身反省自己的词句。《周易·震·文言》:"雷声震天动地,君子恐惧修省。""言辞",即词句。

所谓**"立言""作文"**。"立言",创立学说。《旧唐书》一六〇卷《韩愈传》:"愈所为文,务反近体,抒意立言,自成一家新语。后学之士,取为师法。""作文",通常指撰写文章。宋代范仲淹《岳阳楼记》:"乃重修岳阳楼,增其旧制,刻唐贤今人诗赋于其上,属予作文以记之。""增其旧制",扩充其旧有的规模。"属",同"嘱"。

由此可见,当代学术界对修辞学的理解与认知,颇不统一。

修辞学家分语辞为"态势语""声音语""文字语"。辞格又分"材料辞格""意境辞格""词语辞格""章句辞格"等等。甚至认为,在不同时代,不同人群,不同场合,从茶余饭后到文章典籍,从酒肆到殿堂,随时随地,只要有说写,就存在修辞。这种"修辞"就是所谓的"消极修辞",是广义的,是无意识的,也是无章可循的。

本书不打算讨论上述专家的各种见解及其相关内容,只想探讨一下格律诗词的常用辞格与表现手法。如此也更加切合实际,明白易懂,方便运用。

第三节 修辞意义

《汉语大词典》分"修辞"为"作文"与"文辞"。我们通常所说"修辞",多指修饰文辞。《鲁迅书信集·致李桦》:"正如作文的人,因为不能修辞,于是也就不能达意。"修辞原是传情达意的手段,是调整辞语切合传情达意的一种努力。修辞,是依据题旨,运用各种语言文字材料、表现手法,恰当地表现作者所要表达的思想感情,提高人们在交际中的语言表达效果,使语言表达更加准确、鲜明而生动有力。

目前面世的汉语修辞书,都是针对散文、小说、法令文字、科学记载、论文、杂文等文体。诗词方面的修辞书,误把唐诗(近体诗)与古诗混淆,导致某些说法欠妥。古诗无格律,古诗与唐诗二者根据不同。诗有诗律,词有词谱,故格律诗词的修辞方式与上述各种文体的修辞方式有许多不同之处。对各种体裁有各种不同要求,在遣词造句方面受很多制约,因此表现手法也随之有所变化。

第四节 修辞分类

现代修辞学家陈望道先生的《修辞学发凡》,将修辞分为"积极修辞"与"消极修辞"。他在《修辞和语辞使用的三境界》中说:"积极修辞,内容是富有体验性、具体性的。形式是在利用字义之外,还利用字音、字形的。"

在诗词创作中,积极修辞侧重于诗词的意境与韵味,语句的表面文字与内容要旨往往有些距离,乍看起来,似乎不太衔接,这与诗词在表达上不受时间与空间的限制有关,不像消极修辞那样严密。我们遇到积极修辞现象的时候,往往只能从感情上、意境上、环境(时代背景)上去领略它。用情感去感受它,又要从本意或上下文的连贯关系上去推究它,不能单看文字表面,照辞直解。如"一日不见,如隔三秋。""三秋",即三年,不能解作整个秋季。但有时"三秋"就是指整个秋季。因秋季共三个月,依次为孟秋、仲秋、季秋。如七绝《初冬过东海》:"车经东海雨潇潇,落叶风吹满地抛。干旱三秋耽麦种,阖家带雨掌犁梢。"东海县因当年秋季干旱耽误了种麦,冬初下雨,农民趁雨人力拉犁抢种小麦。然而,有时"三秋"是泛指秋天,即秋季的一天。如白居易的五律《秋雨夜眠》的首联、颔联:"凉冷三秋夜,安闲一老翁。卧迟灯火后,睡美雨声中。"不会有人认为白居易一觉睡了三年或者睡了三个月,所以要联系诗词的上下文,去客观地理解。

《修辞学发凡·引言》中说:"消极手法是以明白精确为主的,对于语辞(语言)常以意义为主,力求所表现的意义不另含其他意义,又不为其他意义所淆乱。但求实用,不计华质和巧拙。"

由此可见,所谓"消极修辞",就是简明扼要的文字叙述。一般用于科学文字、法令文字及其他的诠释文字,意在表达准确、简单、明了。所以,消极修辞一般不适用于诗词文体。

若按某些专家所说,只要说写就有"修辞"的话,诗词中也存在"消极修辞",因为有些诗词虽然语句平淡,但毕竟也是通过说与写完成的。无论符不符合格律,同样都是语言,即专家所说的"语辞",只是未用"辞格",缺少韵味,缺少意境而已。但这不是我们所要研究的诗词修辞。

提倡修辞,目的是为了提高诗词的质量,以便最大限度地为人们接受与传播,发挥作品的社会效益。若离开了这个根本目的,其他的一切努力都是徒劳的。所以讨论诗词修辞,无疑都是"积极修辞",是有意识的,也是有章可循的。

第五节 修辞现状

近年来有幸浏览《修辞鉴衡》《修辞学发凡》《现代修辞学》《修辞学教程》《汉语修辞学》等名家专著以及各种所谓的"古诗词修辞"。《修辞鉴衡》系元代王构所撰,篇幅很小,分诗论与文论,系采录宋人诗话、文集、杂说等部分言语汇编而成,并未总结提升、列举修辞格式。其余书籍皆是现代著作,所引辞格例文基本都是古文、传记、小说、散文、民歌、民谣以及所谓的"新诗"等。至于所谓"古诗词修辞",因有关人不懂格律,分不清近体(格律)诗与古风,故所举例句,鱼龙混杂,甚至将唐诗与古乐府及楚辞相提并论。

1923 年出版的《修辞格》一书,全书分 5 章,列举 27 种辞格,系唐钺先生借鉴内斯菲尔德(J. C. Nesfield)《高级英文作文教程》的分类,参照相关资料增减而成。当代称《修辞学发凡》为中国修辞学奠基之作,说明在 1932 年出版《修辞学发凡》之前,中国尚无一部系统的修辞学专著。

陈望道先生在《修辞学发凡·引言》中说:"辞格,也称辞藻。"

诗词与修辞

所谓辞藻,指用以藻饰文词的典故或词汇。他在该书第二章"说语辞的梗概·修辞和语言"中称:"语辞就是普通所谓语言。"修辞学,系语言学一门学科,是研究如何运用各种语文材料及表现方式,使语言表达得更生动有力。亦简称"修辞"。

现代修辞学家所列辞格大同小异,多少不一,最多有将修辞方式分为63大类,78小类。《修辞学发凡》分辞格为4类共38种。有的分辞格为15种,有的分为23种,有的分为35种……当然,分多分少,各有道理。

有些辞格在小说、散文等杂文中能用,在格律诗词中却不能用。如骆小所先生《现代修辞学》中的"移姓"辞格,所举的江西民谣:"老子本姓天,家住洪湖边。"再如陈望道先生《修辞学发凡》中的"飞白"辞格。飞白,原为汉字书体的一种,笔画露白,似枯笔所写,相传为东汉蔡邕所创。汉灵帝熹平年间,蔡邕奉诏作《圣皇篇》,写好后,至鸿都门,门刚修完,见工匠用刷帚涂刷门墙的痕迹似字,忽然受到启发,回家遂作飞白书法。而修辞中"飞白"的"白",是指"白字",即"别字";原是人们会把读错字的人戏称"白字先生"。有时因方言或说话"咬舌",也会将字读走了音。如《红楼梦》第二十回:"二人正说着,只见湘云走来,笑道:'爱哥哥,林姐姐,你们天天一处玩,我好容易来了,也不理我理儿。'黛玉笑道:'偏你咬舌子爱说话,连个二哥哥也叫不上来,只是爱哥哥,爱哥哥的。'"湘云说话有点"咬舌",将"二哥哥"说成"爱哥哥"。所谓"飞白",还有另一种情况,就是说话"口吃"者,即俗说的"结巴"。如《史记·张丞相列传》:"及(高)帝欲废太子,而立戚姬子如意为太子……周昌廷争之强,上问其说,昌为人(口)吃,又盛怒,曰:'臣口不能言,然臣期期知其不可。陛下欲废太子,臣期期不奉诏。'"《史记正义》:"昌以口吃,每语故重言期期。""期",极。极知其不可,极不赞成,因口吃而重复成"期期"。

类似上述等修辞方式,在格律诗词中均不适用。相反,诗词中的某些修辞手法在其他文体中也不适用,如倒装句、省字句。诗词中的倒装句、省字句多系不得已而为之,并非为了倒装而倒装。因格律诗词必须严格遵守平仄、粘对、音韵等固定格律,经过反复推敲,有时只有运用倒装句才能达到目的。但倒装不能随意,倒装句必须保持意思不变,甚至更好,同时容易理解。

格律诗,专家学者称"近体诗"。所谓"近体诗",乃唐人口气,因这种诗体是在唐朝形成的,唐人认为是他们本朝的诗,故称"近体诗""今体诗"或"唐诗",一直沿用至今。"五四"前后的"新文化"运动,将唐诗宋词纳入"旧文化",提倡所谓的"新体诗"。近一个世纪,中小学不教诗词格律,导致绝大多数人不懂格律。若称"近体诗",容易被人误以为是所谓的"新体诗"。因传统诗词有固定格律,叫"格律诗词"比较客观,一般不会让人曲解,也不存在什么原则性错误。

第六节 诗词中的修辞

诗词中的修辞,首先考虑如何适应题旨与环境,不应是为了语辞(语言)的修饰而修饰,更不应是脱离情感的修饰。凡是切合自然的修辞,必定是直接或间接的社会生活的体现;凡是成功的修辞,必定能够适合内容复杂的题旨与环境。极尽语言文字的可能性,使人觉得无可移易。总之,修辞是为了内容;内容是为了题旨;题旨是为了抒发作者的真实感情。

孙中山先生有"行易知难"说,若用在诗词与修辞方面,倒颇有几分道理。中国古代虽无修辞专著,但修辞现象早已遍布各类书中,诗词中的修辞运用,尤为突出,只是未加系统分析、总结而已。

传统诗词,有固定格律,受平仄、粘对、音韵、对仗、字句多寡等

诗词与修辞

诸多制约，常用"一字千金"去形容诗词中每一个字的重要性，强调"推敲""炼字"。五绝四句共二十个字，七绝四句共二十八个字，在四句中要完成起、承、转、合。令词中《十六字令》只有十六字，同样要完成起、承、转、合。一首诗或一首词，若只限于表面内容是远远不够的，诗要含蓄易懂，又要篇有余意，句有余味。如此，就要适当增加诗词的容量，但字数又不能增加，这就要在修辞手法上动脑筋。如何使诗句流畅自然，生动形象，活灵活现，余音袅袅，意境高远？这就看作者的词汇知识是否丰富，文史功底是否深厚，阅历是否广泛，观察是否仔细，体会是否深刻。一首之中，音调是否尽殊；两句之中，轻重是否悉异，这又与呼音是否协调有关。所谓呼音，即四呼五音。四呼指开口呼、齐齿呼、撮口呼、合口呼；五音即喉音、舌音、齿音、牙音、唇音。古人把从内到外：喉、舌、齿、牙、唇五个部位发出的音称为五音，叫做宫、商、角、徵（zhǐ止）、羽。清徐大椿《乐府传声》曰："喉舌齿牙唇为五音，从内至外之言也……最深为喉音，稍出为舌音，再出在两旁牝（pìn）齿间为齿音，再出在牡齿间为牙音，再出在唇上为唇音。""喉舌齿牙唇者，字之所丛生，开齐撮合者，字之所从出。"宫是喉音，商是舌音，角是齿音，徵是牙音，羽是唇音。宋《切韵指掌图》有《辨五音例》：欲知宫，舌居中。欲知商，开口张。欲知角（jué绝），舌缩却。欲知徵，舌挂齿。欲知羽，撮口聚。所谓协调，指音韵和谐流畅、悦耳动听。语句抑扬顿挫，婉曲回环。当然，不用辞格也能写诗填词，至于音韵和意境那就很难说了。

诗词中的修辞，即修饰文辞；修辞格，即修辞格式，指各种修辞方式，如比喻、夸张、对偶、排比等，简称"辞格"。现将格律诗词的常用辞格及表现手法分别列举数例，从节省篇幅起见，五律、七律每首八句分为四联，一般只截取其中两联，与所举辞格无关的两联省略。词篇若系双片，一般只截取与所举辞格有关的上片或下片，与所举辞格无关的另一片亦省略。

　　本书所举诗词,例诗中含五绝、五律、七绝、七律,例词(曲子词)中含单片、双片。从照顾不同体裁、题材着想,力争五绝、五律、七绝、七律、单片词、双片词都各有不同风格的例句,而且多少不一。同时对其中疑难词语详加注释,以助读者理解。

　　有的诗句或词句,同时具有两种或三种修辞格式,先后会在不同辞格中重复出现。如李白《题峰顶寺》:"危楼高百尺,手可摘星辰。不敢高声语,恐惊天上人。"一、二句为夸张,三、四句为联想。刘禹锡七律《西塞山怀古》颔联:"千寻铁锁沉江底,一片降幡出石头。"既是对偶又是用典。白居易七律《春题湖上》颈联:"碧毯线头抽早稻,青罗裙带展新蒲。"既是对偶又是比喻,同时也是倒装。文天祥七律《过零丁洋》颈联:"惶恐滩头说惶恐,零丁洋里叹零丁。"既是对偶又是排比。李煜《虞美人》下片:"……问君能有几多愁?恰似一江春水、向东流。"末句既是比喻又是递进。"一江春水"比喻愁多,"向东流"形容愁无穷无尽,更进一层。秦观《浣溪沙》下片:"自在飞花轻似梦,无边丝雨细如愁。宝帘闲挂小银钩。"一、二句既是对偶又是比喻。李清照《鹧鸪天》下片:"梅定妒,菊应羞。画栏开处冠中秋。骚人可煞无情思,何事当年不见收。"一、二句既是联想又是对偶。类似一句中兼有两个或三个辞格并不鲜见,尤以对仗句较多。因对仗句本身就具备对偶辞格。

　　以下所举例诗、例词,未标姓名的均为本人拙作。为了醒目,凡运用辞格之句的字体,或相关字体均加粗加黑,以便一目了然。

第二章　近体诗常用辞格

第一节　比　喻

比喻,修辞学上辞格之一,亦作"譬喻"。比喻,即表示两种不同程度的事物,彼此之间有相似之处,用一种事物来喻另一种事物的修辞手法。一般由三个部分组成,即本体(被比喻的事物)、喻体和比喻词。比喻分明喻、暗喻、借喻、博喻等。博喻,连用几个喻体共同说明一个本体。诗词中不适用。例如:白兰花如雪,如玉,如飞溅的浪花。

一、明喻

明喻,本体、喻体都出现,本体和喻体之间常用"如""似""像""若""比""更"等比喻词相连接。例如:

(1) 唐·李白五绝《夜下征虏亭》:

船下广陵去,月明征虏亭。
山花如绣颊,江火似流萤。

【注释】

征虏亭:故址在今江苏省南京市石头坞。　　广陵:今江苏省扬州市。

(2) 唐·刘禹锡《竹枝词》：

　　山桃红花满上头，蜀江春水拍山流。
　　花红易衰似郎意，水流无限似侬愁。

【注释】

　　蜀江：泛指蜀地江水。蜀，今四川省一带。　竹枝词，虽系词牌，其实是一首七言拗绝，乃刘禹锡首创。无论五言、七言，凡拗绝、拗律诗体，均不提倡。此处所录，只为讲修辞而已。

(3) 唐·白居易七绝《暮江吟》：

　　一道残阳铺水中，半江瑟瑟半江红。
　　可怜九月初三夜，露似真珠月似弓。

【注释】

　　瑟瑟：波光闪闪的样子。　可怜：可爱。　真珠：珍珠。

(4) 唐·贺知章七绝《咏柳》：

　　碧玉妆成一树高，万条垂下绿丝绦。
　　不知细叶谁裁出，二月春风似剪刀。

【注释】

　　碧玉：青绿色的玉。此喻柳。　绦（tāo）：丝线编织成的带子。此喻柳枝细长柔软。

(5) 清·袁枚七绝《遣兴》：

　　爱好由来下笔难，一诗千改始心安。
　　阿婆还似初笄女，头未梳成不许看。

【注释】

　　初笄(jī)女：少女。古代女子十五岁开始挽发，表示成人，可以出嫁。笄，挽头发用的簪子。

二、暗喻

　　暗喻，也称"隐喻"。本体、喻体都出现，常用"是""也""成"等比喻词连接本体和喻体。格律诗词因受字数限制，有时不用"是""也""成"等比喻词相连接，同样能表示本体和喻体之间的相互关系。例如：

(1) 唐·张谓七绝《早梅》：

　　一树寒梅白玉条，迥临村路傍溪桥。
　　不知近水花先发，疑是经冬雪未消。

【注释】

　　迥(jiǒng)：远。　傍：靠近。　发：开放。

(2) 唐·白居易七律《春题湖上》颔联、颈联：

　　松排山面千重翠，月点波心一颗珠。
　　碧毯线头抽早稻，青罗裙带展新蒲。

【注释】

　　颔联：五律、七律均为八句。第一、二句为首联，第三、四句为颔联,第五、六句为颈联,第七、八句称尾联。　　青罗:绿色绸缎。蒲:多年生草本植物,多生在浅水中,叶长而尖,可编蒲席、蒲扇等。

　　此诗将团月比作珍珠,将新抽的稻穗比作碧毯线头,把新蒲比作青罗裙带,都未用比喻词。

(3) 七绝《重阳夜》:

　　　　重阳怕度又重阳,方寸西风一样凉。
　　　　明月笑人眠太早,**清光故照满头霜**。

【注释】

　　方寸:指心。　　西风:秋风。　　霜:比喻白发。

(4) 南宋·文天祥七律《过零丁洋》首联、颔联:

　　　　辛苦遭逢起一经,**干戈寥落四周星**。
　　　　山河破碎风飘絮,身世浮沉雨打萍。

【注释】

　　零丁洋:在今广东省珠江口,一作"伶仃洋"。作者于宋祥兴二年(1279)被元军押赴北上时途经此处。　　起一经:指读书入仕。经,泛指"四书五经"。　　干戈:古代兵器。指代战争。　　寥落:指为国奋战、不惜捐躯者寥寥无几。　　四周星:比喻人心涣散。　　山河:喻国土。　　絮、萍:作者自喻到处漂泊,转战保卫国家。絮,柳絮。萍,浮萍。

三、借喻

　　借喻,本体不出现,也不用比喻词,而用喻体直接代替本体。

即用比喻代替正文。例如:

(1) 唐·李白五绝《独坐敬亭山》:

> 众鸟高飞尽,孤云独去闲。
> 相看两不厌,只有敬亭山。

【注释】

敬亭山:昭亭山,在今安徽省宣城市北。　众鸟:比喻升官者。高飞,高升。　孤云:为作者自喻。

(2) 唐·李商隐五绝《乐游原》:

> 向晚意不适,驱车登古原。
> 夕阳无限好,只是近黄昏。

【注释】

乐游原:在长安(今陕西西安)南面,登原可眺望长安全城。向晚:傍晚。　意不适:心情烦闷。　夕阳、黄昏:均喻人近暮年。

(3) 唐·高蟾七绝《下第后上永崇高侍郎》:

> 天上碧桃和露种,日边红杏倚云栽。
> 芙蓉生在秋江上,不向东风怨未开。

【注释】

碧桃、红杏:比喻新科进士之春风得意。　和露种、倚云栽:谓高中者投了门路。露、云,比喻朝廷大臣。　芙蓉:为作者自喻。　东风:比喻朝廷。　开:指进士及第。

(4) 唐·朱庆馀七绝《近试上张水部》：

洞房昨夜停红烛，**待晓堂前拜舅姑**。
妆罢低声问夫婿，画眉深浅入时无。

【注释】

张水部：指水部郎中张籍。　　停红烛：将红烛点燃，通夜不息。停，置放。　　舅姑：原指公婆。此喻主考官。　　夫婿：此喻张水部。　　入时：指时髦。喻赏识。　　画眉：比喻该首诗。深浅：诗的意境。

(5) 唐·李和风七绝《题敬爱诗后》：

高唐不是这高塘，淮畔荆南各异方。
若向此中求荐枕，参差笑杀楚襄王。

【注释】

淮畔：阎敬爱诗中高塘馆在今安徽凤阳。　　荆南：高唐赋中的高唐馆(一作"观")在今湖北省汉川市，即荆山南面。无论字面、地点皆风马牛不相及。　　参差：差不多。　　荐枕：喻神女。

【附】　唐·阎敬爱七绝《题濠州高塘馆》：

借问襄王安在哉，山川此地胜阳台。
今宵寓宿高塘馆，神女何曾入梦来。

(6) 南宋·朱熹七绝《观书有感二首》：

半亩方塘一鉴开，天光云影共徘徊。
问渠哪得清如许，为有源头活水来。

昨夜江边春水深,艨艟巨舰一毛轻。

向来枉费推移力,此日中流自在行。

【注释】

鉴:比喻水平如镜,清澈见底。　活水:比喻不断学习,不断吸取新知识。　艨艟(méng chōng):古代战船,狭而长。泛指大船。此喻只有知识丰富,写诗作文才能游刃有余。读书须循序渐进,深究其理。　"向来"句:谓以前写诗作文因知识贫乏,力不从心。　"此日"句:形容现在写作得心应手。

第二节　夸　张

夸张,修辞学上辞格之一,是文艺创作的一种表现手法。以现实生活为基础,借助丰富的想象,抓住描写对象的某些特点加以放大或缩小,既超越实际又不脱离实际,既新异奇特又不违背情理,用夸大的词句来形容事物的特点。例如:

(1) 唐·李白五绝《题峰顶寺》:

危楼高百尺,手可摘星辰。

不敢高声语,恐惊天上人。

(2) 唐·李白五绝《秋浦歌十七首》之一:

白发三千丈,缘愁似个长。

不知明镜里,何处得秋霜。

【注释】

秋浦:今安徽省池州市贵池区。　秋霜:比喻白发。

(3) 唐·李益七绝《宫怨》：

露湿晴花春殿香，月明歌吹在昭阳。
似将海水添宫漏，共滴长门一夜长。

【注释】

昭阳：汉宫名。汉成帝皇后赵飞燕得宠，居昭阳宫。后喻得宠。宫漏：滴漏，更漏，亦称漏壶。古代夜间滴水计时器。　长门：汉宫名。汉武帝皇后陈阿娇失宠后退居长门宫。后喻失宠。

本来一壶水滴完，天就亮了。如果必须将海水滴完天才亮，这一夜时间该有多长！以此形容失宠后的陈阿娇独居长门宫，是怎样地度日如年。

(4) 唐·李白七绝《早发白帝城》：

朝辞白帝彩云间，千里江陵一日还。
两岸猿声啼不住，轻舟已过万重山。

【注释】

白帝城：在今重庆市奉节县城东瞿塘峡口。　彩云间：形容白帝城高入云霄。　千里江陵一日还：李白无端获罪，流放夜郎，中途遇赦，心情舒畅，乘船返回，顺流而下，轻松愉悦，故此夸张船快。江陵，即现在湖北荆州，古为水旱码头，通长安的南北要道。白帝城距江陵一千二百里（《荆州记》），此取整数。苏轼说自己船行一个月才到。

(5) 唐·胡令能七绝《咏绣障》：

日暮堂前花蕊娇，争拈小笔上床描。
绣成安向春园里，引得黄莺下柳条。

【注释】

绣障：绣花屏风。　　拈：拿。　　床：指绣花架。

黄莺误把绣障上的花草认作真花真草，看来绣障上的景色与自然景色已真假难分了！绣女的绣花技巧可谓美奂绝伦了。

(6) 唐·韦庄七律《陪金陵府相中堂夜宴》：

满耳笙歌满眼花，满楼珠翠胜吴娃。
因知海上神仙窟，只似人间富贵家。
绣户夜攒红烛市，舞衣晴曳碧天霞。
却愁宴罢青蛾散，扬子江头月半斜。

【注释】

金陵：此指润州，即今江苏镇江，非指南京。唐人喜称镇江为丹徒或金陵。　　府相：对东道主周宝的敬称。周宝时为润州镇海军节度使平章事。　　中堂：大厅。　　花：喻歌女。　　吴娃：指苏州姑娘。　　攒：形容灯火辉煌。　　曳：轻歌曼舞。　　月半斜：明为写景，暗寓黄巢起义军已席卷大半个中国，唐僖宗出逃，唐朝行将灭亡。

【附】 夸张不当举例：

夸张不能随意夸张，必须注意观察，仔细推敲，切勿违背事物的客观规律。否则，会适得其反，不但达不到目的，反而留下笑柄。例如：宋代王祈《竹诗》中有"叶垂千口剑，干耸万条枪"之句，问苏轼这两句"好不好"。苏轼笑曰："好则极好，只是十条竹竿，一个叶儿。"竹叶生在竹枝上，竹叶比竹枝要多出很多，王祈不会不知道，明显是不慎所致。

第三节 拟 人

拟人,修辞学上辞格之一。将非人类的事物人格化,把人的思想感情赋予它们。例如:

(1) 唐·李白五绝《秋浦歌十七首》之一:

　　　　秋浦锦驼鸟,人间天上稀。
　　　　山鸡羞渌水,不敢照毛衣。

【注释】

　　秋浦:今安徽池州市贵池区。　锦驼鸟:锦鸡,即金鸡。雄鸟体长约一米。　渌(lù)水:清澈的池水。

(2) 唐·杜牧七绝《赠别》:

　　　　多情却似总无情,惟觉樽前笑不成。
　　　　蜡烛有心还惜别,替人垂泪到天明。

【注释】

　　樽(zūn):酒杯。　垂泪:蜡烛燃烧时流下的烛油。

(3) 唐·李商隐七绝《代赠》:

　　　　楼上黄昏欲望休,玉梯横绝月如钩。
　　　　芭蕉不展丁香结,同向春风各自愁。

【注释】

　　欲望休:欲望还休。休,罢,停止。　"玉梯"句:谓玉梯虽高,亦难攀月,比喻相思却不能相见。　丁香结:丁香花的蓓蕾。

(4) 七绝《春末孤窗》:

春去花疏蝴蝶懒,枝深叶茂杜鹃愁。
黄莺啼老芭蕉卷,杨柳思风不举头。

(5) 七绝《细雨蠡园》:

千步长廊雨点稀,红男绿女俩依依。
自怜孤影枝头鸟,心事重重不肯啼。

【注释】

千步长廊:在无锡市蠡湖公园中。

(6) 七绝《故居白杨》:

十年不见草中苗,堪比栋梁三丈条。
几处秀枝风折断,天生不效柳弯腰。

【注释】

秀枝:超出其他枝条的树枝。"木秀于林,风必摧之。"(三国魏李康《运命论》)

第四节　排　　比

排比,修辞学上辞格之一。用结构相同或相似的词句平行排列,加强语气,使语句显得节奏明快,铿锵有力。例如:

(1) 唐·李白七绝《宣城见杜鹃花》

　　　蜀国曾闻子规鸟,宣城还见杜鹃花。
　　　一叫一回肠一断,三春三月忆三巴。

(2) 唐·刘长卿七绝《重送裴郎中贬吉州》:

　　　猿啼客散暮江头,**人自伤心水自流。**
　　　同作逐臣君更远,青山万里一孤舟。

【注释】

　　吉州:隋置,治所在今江西省吉安市。　逐臣:贬到外地为官的朝廷大臣。

(3) 唐·元稹七绝《离思》:

　　　曾经沧海难为水,除却巫山不是云。
　　　取次花丛懒回顾,**半缘修道半缘君。**

【注释】

　　"曾经"句:此句从《孟子·尽心》篇"观于沧海者难为水,游于圣人之门者难为言"演变而来。意为看过大海以后,别处的水就不想看了。　"除却"句:此句化用宋玉《高唐赋》里"巫山云雨"的典故,意思是见过巫山之云,别处的云便不值一提了。　取次:任意。　花丛:比喻美女。　懒回顾:无心看。　缘:因。　修道:修养身心。　君:此指作者亡妻韦丛。

(4) 南宋·文天祥七律《过零丁洋》颈联、尾联:

　　　惶恐滩头说惶恐,零丁洋里叹零丁。
　　　人生自古谁无死,留取丹心照汗青。

【注释】

　　惶恐滩：原名黄公滩，在今江西省万安县赣江中，此处水流湍急，乘船经此，令人惶恐，故称惶恐滩。宋端宗景炎二年（1277），文天祥兵败空坑（今江西吉水附近），曾从惶恐滩一带撤退到福建汀州，前临大海，后有追兵，因此说惶恐。　　汗青：古代写字在竹简上，先火烤竹简，干后再写，可防虫蛀，竹简初经火烤，表面发青，蒸发出的水分似汗，故称。此处指代史书。意为舍生取义，名垂史册。

(5) 七绝《孤影倚楼》：

　　　　春暮春花春水流，垂杨不挽凤鸾俦。
　　　　楼前恼恨双飞燕，飞去飞来故不休。

【注释】

　　挽：挽留，系住。　　凤鸾：喻夫妇。鸾，凤一类的鸟。俦：俦侣，伴侣。

(6) 七绝《游桃叶渡》：

　　　　桃叶渡前桃叶流，桃根桃叶不回头。
　　　　曾经一曲佳人醉，唱遍江南五十州。

【注释】

　　桃叶渡：古代渡口名，在今南京市夫子庙附近的秦淮河与古青溪汇合处。相传因东晋王献之在此歌送其爱妾桃叶渡江而得名。桃根：桃叶之妹。　　五十州：泛指江南地区。

(7) 七绝《中秋有感》：

　　中秋岁岁又中秋，月自团圆江自流。
　　心上乌云吹不散，丁香结在故枝头。

【注释】
　　丁香结：丁香花的蓓蕾。常喻忧愁固结不解。

(8) 七绝《路上过重阳》：

　　一路秋光一路香，小车千里过重阳。
　　金陵城上半轮月，照得黄花别样黄。

【注释】
　　金陵：南京市。　　黄花：菊花。

(9) 七律《南京秦淮灯会》颈联、尾联：

　　鬼脸城边渔唱远，衡阳峰上雁飞斜。
　　人山人海人声沸，夫子观灯两岸华。

【注释】
　　秦淮：南京秦淮河。　　鬼脸城：指石头城，在南京市清凉山后，依山而建，系六朝古城。中段几块突起的红色水成岩，因风雨长期侵蚀，凹凸不平，酷似鬼脸，故名。原为战国楚威王金陵邑。衡阳峰：指回雁峰。在湖南省衡阳市南，衡山七十二峰之一，其峰势如雁回转，故名。相传北雁南来越冬，至衡阳而止，遇春即回。夫子：夫子庙，又称文庙，在南京市中华门内秦淮河北岸贡院街。两岸华：夫子庙灯展期间，秦淮河两岸夜晚华灯如昼。

诗词与修辞

第五节 对　　偶

　　对偶，修辞学上辞格之一，亦称"对仗"。在一联中由两个字数相等、词类相同、词义相反、结构相同或相近、平仄相对的句子构成，其两两相对，如同古代仪仗队，故名。例如：

(1) 唐·杜甫五绝《八阵图》：

　　　　功盖三分国，名成八阵图。
　　　　江流石不转，遗恨失吞吴。

【注释】

　　八阵图：遗址在今重庆市奉节县长江边上，诸葛亮聚细石成堆，高五尺，六十围（一围约五尺），纵横棋布，排列为六十四堆。失吞吴：谓刘备为报关羽之仇，而失策吞（攻）吴。破坏了诸葛亮联吴抗曹的根本策略，以致酿成千古遗恨。

(2) 唐·王湾五律《次北固山下》：

　　　　客路青山外，行舟绿水前。
　　　　潮平两岸阔，风正一帆悬。
　　　　海日生残夜，江春入旧年。
　　　　乡书何处达，归雁洛阳边。

【注释】

　　次：至。旅途中停留。　北固山：在今江苏省镇江市北，三面临江。"江春"句：此指农历春节前立春。意为新春已到，旧岁已去。

(3) 唐·李白五律《塞下曲六首·其一》颈联、尾联:

　　　　晓战随金鼓,宵眠抱玉鞍。
　　　　愿将腰下剑,直为斩楼兰。

【注释】

　　金:指钲铙(zhēng náo),一种铜制打击乐器。古代军中击鼓进军,鸣金收兵。　宵:夜。　玉鞍:以玉装饰的马鞍。　楼兰:古代西域国名,即鄯善。此处泛指敌方军队。

(4) 唐·杜甫五律《不见》颈联、尾联:

　　　　敏捷诗千首,飘零酒一杯。
　　　　匡山读书处,头白好归来。

【注释】

　　作者原注:"近无李白消息。"
　　匡山:江西庐山。

(5) 唐·杜甫七绝《绝句》:

　　　　两个黄鹂鸣翠柳,一行白鹭上青天。
　　　　窗含西岭千秋雪,门泊东吴万里船。

【注释】

　　窗含:从窗户里即可望见。　西岭:指岷山。在今四川省松潘县北。　千秋雪:岷山终年积雪,千古不化。　门:指门前的江边。　东吴:指江南地区。

(6) 七律《残月过窗西》颔联、颈联:

芭蕉有恨心常卷,丹桂无言花正香。
两只眠鸥栖北渚,一行征雁过南冈。

【注释】

渚:水中小块陆地。　冈:低而平的山脊。

(7) 七律《无锡大箕山放目》颔联、颈联:

杨柳万枝催去棹,湖光十里映繁花。
红枫点缀千重树,绿竹丛拥四五家。

【注释】

大箕山:在江苏省无锡市西南太湖中,三面临水。

第六节　叠　字

叠字,修辞学上辞格之一,亦称"重言"。为了强调某种思想感情,将同一个字重叠在一起,使形式整齐,语音和谐并增强形象感。例如:

(1) 唐·杜牧七绝《寄扬州韩绰判官》:

青山隐隐水迢迢,秋尽江南草未凋。
二十四桥明月夜,玉人何处教吹箫。

【注释】

未:一作"木"。　二十四桥:沈括《梦溪笔谈·补笔谈》:

"扬州在唐时最为富盛……可纪者有二十四桥。"李斗《扬州画舫录》说二十四桥即吴家砖桥,又名红药桥,因古时有二十四个美女吹箫于此而得名。沈括为北宋人,曾亲临考查,有详细记录,可惜现存笔谈只记二十二桥;李斗系清代人,比沈括晚七百多年,二十四桥早已不存,仅是采访民间传说,所以前者可信。　玉人:多指美女。此指扬州歌伎,意含调侃。

(2) 七绝《初夏雨中海桐花》:

　　春光美景让于桃,初夏娇黄第一标。
　　含笑无言清淡淡,梅妆不管雨潇潇。

【注释】

　　海桐:初夏开花,花聚集小枝顶上成伞状,白色,后变黄色,清香。　梅妆:指梅花妆。相传南朝宋武帝女寿阳公主人日(正月初七)卧于含章殿檐下,梅花落于公主额上,成五出(瓣)之花,额上留下花的印痕,拂之不去,公主显得更美。此后,寿阳公主常取梅花之蕊的黄粉点饰额头,宫女见状,个个仿效,遂称梅花妆,简称梅妆。此喻海桐花色。

(3) 七绝《打工者说》:

　　桃花未放李花香,**隐隐秋波已断肠。**
　　归梦不成山与水,**江南塞北两茫茫。**

【注释】

　　按二十四番花信风,李花比桃花早开五天。

(4) 七律《南京初夏偶记》颈联、尾联：

> 钟山雾笼闲闲看，扬子帆飞淡淡描。
> 流水落花莺老去，子规啼罢雨潇潇。

【注释】

钟山：亦称紫金山，位于南京市东北。　　扬子：扬子江，长江别称。　　闲闲：从容自得貌，随意。　　淡淡：轻轻，目光一扫而过。

第七节　设　问

设问，修辞学上辞格之一。故意提出问题，然后自己回答。例如：

(1) 唐·杜甫五律《旅夜书怀》颈联、尾联：

> 名岂文章著，官应老病休。
> 飘飘何所似？天地一沙鸥。

【注释】

严武任东川剑南节度使，镇守剑南，杜甫避安史叛乱，特往成都依之，颇得照顾。严武死后，杜甫带着家人离开成都草堂，乘舟东下，欲往湖南，觉得自己居无定所，如同鸥鸟，到处漂泊。

(2) 唐·杜甫七律《蜀相》首联、颔联：

> 丞相祠堂何处寻？锦官城外柏森森。
> 映阶碧草自春色，隔叶黄鹂空好音。

【注释】

　　蜀相：指蜀汉丞相诸葛亮。为了统一中原，屡次北伐，终因劳累过度，卒于五丈原（在今陕西岐山县南石头河与渭河交汇处西南）军中。　　锦官城：今四川省成都市别称。

(3) 唐·杜甫七律《闻官军收河南河北》首联、颔联：

　　　　剑外忽传收蓟北，初闻涕泪满衣裳。
　　　　却看妻子愁何在？漫卷诗书喜欲狂。

【注释】

　　剑外：剑阁以南蜀中地区。剑阁，栈道名，在今四川剑阁县东北大剑山与小剑山之间。　　蓟北：指安史叛军老巢，在今河北省东北部至天津市一带。

第八节　反　　诘

　　反诘，修辞学上辞格之一，又称"反问"。用疑问形式表达确定的意思，只问不答。即用肯定表示否定，用否定表示肯定。例如：

(1) 五绝《人生》：

　　　　雾里观花朵，云中望月行。
　　　　人间多少事，能看几分明？

(2) 唐·王湾五律《次北固山下》颈联、尾联：

　　　　海日生残夜，江春入旧年。
　　　　乡书何处达？归雁洛阳边。

【注释】

　　残夜：指除夕夜。　　江春入旧年：谓农历年前立春。　　乡书：家信。　　何处达：暗示有法送达，以否定表示肯定，因北归之雁正要路过作者家乡洛阳，不妨请它带去。反之，此处又以肯定表示否定，因现实中的雁并不能为他捎信。　　归雁：北归之雁。本句系尾句宕开，以景结情。

(3) 唐·李贺七绝《南园》：

　　　　男儿何不带吴钩？收取关山五十州。
　　　　请君暂上凌烟阁，若个书生万户侯？

【注释】

　　"男儿"句：此句是设问，也是自问。含有"国家兴亡，匹夫有责"的豪情。表现作者面对战乱，急于报国之心。　　吴钩：钩，兵器，形似剑而曲。相传吴王阖闾命国人作金钩，有人杀掉自己的两个儿子，以血涂钩，铸成二钩，献给吴王。后泛指利剑为吴钩。　　五十州：指当时藩镇割据势力所控制的黄河南北大片地区。　　凌烟阁：唐宫内殿阁名。贞观十七年(643)，唐太宗命画家阎立本在阁上画了二十四个开国功臣的图像，并亲撰赞语。　　若个：哪个。　　"若个"句：此句为反问，系牢骚之语，抒发怀才不遇的愤激情怀。以否定表示肯定。

(4) 七绝《编书》：

　　　　寻章摘句荒鸡后，检索诗书过五更。
　　　　困倦偷闲来小院，**满天风月有谁争**？

【注释】

　　荒鸡：三更以前鸣叫的鸡。　　风月：清风明月。

(5) 七绝《虞姬故里吊虞姬》：

　　虞兮虞兮奈何兮？四面楚歌愁别离。
　　莫道红颜多薄命，**蛾眉无数有谁提**？

【注释】

　　虞姬故里：在今江苏省沭阳县颜集乡虞溪村。虞溪，原名虞姬沟。中华人民共和国成立后，乡村机构为书写方便，将虞溪误写为"于西"。　　"虞兮"句：指项羽《垓下歌》末句"虞兮虞兮奈若何"。虞，虞姬。兮，语助词。奈何兮，犹"奈若何"，意为怎么办？"蛾眉"句：唐代人为了歌颂虞姬，特制《虞美人》词牌载入教坊曲名表。清初收录在《钦定词谱》中。

(6) 唐·杜甫七律《江村》颈联、尾联：

　　老妻画纸为棋局，稚子敲针作钓钩。
　　但有故人供禄米，**微躯此外更何求**？

【注释】

　　更何求：系无奈之语，正是有所求。以否定表示肯定。

　　作者携妻儿入川，生活多靠时任剑南节度使严武接济。友人严武病故后，作者被迫离川入湘，病死于衡阳至耒阳的湘江途中。

第九节　借　　代

　　借代，修辞学上辞格之一，亦作"指代"。不直接说出所要表达的人或事物,而是借用与它有密切相关的人或事物来代替。常用特征代事物、具体代抽象、部分代全体、整体代部分、专名代泛称。借代能起到突出事物的本质特征,增强语言的形象性,使文笔简洁精炼,语言富于变化的作用;收到形象突出、特点鲜明、具体生动的效果。例如:

(1) 五绝《长门草》:

> 太阳光已老,不照长门草。
> 无处觅相如,咏梅把心表。

【注释】

长门草:某女被某君抛置后,为表其芳心未变,特抄写陆游《卜算子·咏梅》缄送某君,某君阅后亦作《卜算子·咏梅》答之,以示安慰。长门,汉宫名。汉武帝皇后陈阿娇失宠后退居长门宫,为重新获宠,曾用千金买通司马相如为其作《长门赋》,上呈汉武帝,以求武帝回心转意。 光已老:指阳光已转向别处。 咏梅:指陆游《卜算子·咏梅》:"驿外断桥边,寂寞开无主。已是黄昏独自愁,更著风和雨。 无意苦争春,一任群芳妒。零落成泥碾作尘,只有香如故。"

此联以具体代抽象(感情)。

(2) 五绝《电话》:

> 电话来千里,眼前花影重。
> 孤窗寒月瘦,**天汉好朦胧**。

【注释】

天汉:银河。

此句以特征代事物。

(3) 五绝《枕上听雨》：

> 海石曾相许，断肠两分取。
> **半床呼不来**，帘外潇潇雨。

【注释】

半床：指亡妻。
此句以特征代事物。

(4) 五绝《正月祭坟》：

> 春节临荒冢，雪中烧纸钱。
> **音容无觅处**，生死两茫然。

【注释】

此句以部分代整体。

(5) 唐·李白五律《塞下曲六首·其一》颈联、尾联：

> 晓战随金鼓，宵眠抱玉鞍。
> 愿将腰下剑，**直为斩楼兰**。

【注释】

金鼓：金，指钲铙。古代行军时用的一种铜制打击乐器。鼓，军中所用之鼓。战时，鸣金收兵，击鼓进军。　玉鞍：马鞍的美称。楼兰：古代西域国名，今新疆鄯善。此指敌人。

楼兰系汉代西域国名，此句以专名代泛称。

(6) 唐·白居易五律《赋得古原草送别》颈联、尾联：

　　　　远芳侵古道，晴翠接荒城。
　　　　又送王孙去，萋萋满别情。

【注释】

　　王孙：王之子为王子，王子之子为王孙。此处指代友人。友人离家远行，即使为生活所迫或功名所累，希望友人也能向公子王孙一样平安快乐。虽然王孙与友人出门目的不同，但特征一样，都是出门远行。

　　此句用特征代替事物。

(7) 唐·李白七绝《望天门山》：

　　　　天门中断楚江开，碧水东流至此回。
　　　　两岸青山相对出，孤帆一片日边来。

【注释】

　　天门山：指今安徽省当涂县与和县之间的博望山，夹江对峙，似天设门户而得名。　楚江：长江流经古代楚国境内的一段。"碧水"句：指江水涌入天门山，因受阻激起的回流。

　　此处系部分代整体，因"帆"仅是船上配置的一部分。

(8) 唐·杜牧七绝《江南春》：

　　　　千里莺啼绿映红，水村山郭酒旗风。
　　　　南朝四百八十寺，多少楼台烟雨中。

【注释】

　　红：指花。　绿：指叶。

该句以颜色特征代替具体事物。

(9) 唐·陈陶七绝《陇西行》:

誓扫匈奴不顾身,**五千貂锦丧胡尘**。

可怜无定河边骨,**犹是春闺梦里人**。

【注释】

貂锦:汉代羽林军穿貂裘锦衣。　闺:闺房。

此句用衣着代替战士,以闺房代替战士之妻,系用特征代替具体事物。

(10) 南宋·文天祥七律《过零丁洋》首联、尾联:

辛苦遭逢起一经,**干戈寥落四周星**。

人生自古谁无死,**留取丹心照汗青**。

首联中的"**干戈**"是古代兵器,泛指战争。此指抗击蒙古侵略军。战争与"**干戈**"并无相似之处,却有相关处,因战争离不开兵器。尾联中的"**汗青**"是指火烤的竹片,此处借指史书。史书与竹片无相似之处,却有相关处,因古代无纸,皆用竹片记载文章典籍。所以"**干戈**"与"**汗青**"不属借喻,均为借代。

借代与借喻的区别

一、能转换成明喻的为借喻,不能转换成明喻的是借代。"干戈寥落四周星"如果是借喻,"**干戈**"是喻体,战争是本体。若转为明喻则成:战争像干戈。明显不通。"留取丹心照汗青"若系借喻,"**汗青**"是喻体,史书是本体,若转为明喻则成:史书似汗青。也同样不通。由此可见,"**干戈**"与"**汗青**"在此并非借喻,而是借代。

二、同一词语在不同的语言环境中可以是借喻,也可以是借代。至于如何辨别,这就看与客体相应的词语是否采取相应的比喻说法。**借喻是以此喻彼,重在"喻"**,因此与客体(喻体)相关的词语必须采取相应的比喻说法。**借代是以此代彼,重在"代"**,因此与客体(借体)相应的词语不必改成与之相应的说法。例如:

"可恨那些'毒蛇猛兽'吃尽了我们的血肉。""毒蛇猛兽吃尽了我们的血肉"是通顺的,是主谓宾关系,为借喻。

"可恨那些'毒蛇猛兽'榨尽了我们的血汗。"客体也是"毒蛇猛兽",与它相应的动宾词是"榨尽血汗"。"毒蛇猛兽榨尽了我们的血汗",明显不通,"毒蛇猛兽"与"榨尽""血汗"不是一个和谐的主谓宾关系,故为借代。

另如目不识丁、披坚执锐、扭转乾坤、迫在眉睫、拈花惹草、灯红酒绿、咬文嚼字、青黄不接、手无寸铁等,均为借代。

第十节 联　想

联想,修辞学上辞格之一。由一种事物而联想到另一种事物,是现实事物之间的某种联系所引起的反映。例如:

(1) 唐·李白五绝《题峰顶寺》:

危楼高百尺,手可摘星辰。
不敢高声语,恐惊天上人。

【注释】

危楼:高楼。　　不敢高声语,恐惊天上人:在前两句夸张的基础上,所引起的联想。

(2) 唐·王维七绝《送元二使安西》：

渭城朝雨浥轻尘，客舍青青柳色新。
劝君更尽一杯酒，**西出阳关无故人**。

【注释】

安西：安西都护府的简称，治所在今新疆库车。　渭城：指秦都咸阳故城，在今陕西省西安市西北，渭水北岸。　浥(yì)：湿润。　阳关：关名，在今甘肃省敦煌市西南，以居玉门之南(阳)而名，是古代通西域的要隘。

作者联想友人奉命出使安西，孤身一人，千里迢迢，无人相伴，定感寂寞，劝友人多饮一杯，带着自己的祝愿西行，好像自己时刻都在友人身旁一样。

(3) 唐·王昌龄七绝《芙蓉楼送辛渐》：

寒雨连江夜入吴，平明送客楚山孤。
洛阳亲友如相问，一片冰心在玉壶。

【注释】

芙蓉楼：故址在今江苏省镇江市。　吴、楚：皆指镇江一带地方，因春秋时属吴，吴亡属越，越亡属楚。　冰心：像冰一样晶莹的心。

作者联想到辛渐回到洛阳时，家乡的亲友一定会向辛渐打听自己的情况。

(4) 北宋·苏轼七绝《惠崇春江晚景》：

竹外桃花三两枝，春江水暖鸭先知。
蒌蒿满地芦芽短，正是河豚欲上时。

【注释】

惠崇：北宋名僧，能诗善画。

作者看到"蒌蒿满地芦芽短"，联想到正是溯江而上的河豚肥美的时节。

第十一节 示 现

示现，修辞学上辞格之一。就是把实际不见不闻的事物，说得如见如闻，活灵活现。可分两种，一种凭主观想象，如天上玉皇、海底龙王、月中嫦娥、地下阎罗等。一种依据生活经验，如白居易《秋雨夜眠》尾联："晓晴寒未起，霜叶满阶红。"此外，也可以把过去的或未来的事情说得就像在眼前一样。例如：

(1) 唐·岑参五绝《行军九日思长安故园》：

强欲登高去，无人送酒来。

遥怜故园菊，应傍战场开。

【注释】

九日：指重阳节。古代重阳节有饮菊花酒等习俗。 战场：指安史叛军攻入长安，京城故居已沦为战场。

(2) 唐·景云七绝《画松》：

画松一似真松树，且待寻思记得无。

曾在天台山上见，石桥南畔第三株。

【注释】

景云：天宝时诗僧，善绘画。 天台山：在今浙江省东部。

(3) 唐·司空曙七绝《江村即事》:

钓罢归来不系船,江村月落正堪眠。
纵然一夜风吹去,只在芦花浅水边。

第十二节 跳　　脱

跳脱,修辞学上辞格之一。心思的急转,事情的突发等,由一个话题跳到另一个话题,但有内在联系。例如:

(1) 唐·元结七绝《欸乃曲》:

湘江二月春水平,满月和风宜夜行。
唱桡欲过平阳戍,守吏相呼问姓名。

【注释】

欸乃曲:船歌。　唱桡(ráo):唱着歌划着船。桡,船桨,代指船。　平阳:郡名。治今山西省临汾市。　戍:关卡。问姓名:指检查证件。

作者经过平阳关,关吏止住了他,检查证件。按规定货船必须交税。关吏对空船也征税,中饱私囊。

从唱着歌划着船正欲过关,突然听到关吏呼叫阻止,虽是一个跳脱,但与行船有联系。

(2) 唐·杜牧七绝《清明》:

清明时节雨纷纷,路上行人欲断魂。
借问酒家何处有,牧童遥指杏花村。

【注释】

断魂:形容神色黯然,伤心落魄的样子。 杏花村:说法不一。据《江南通志》载,该诗系作者任池州(治今安徽贵池)刺史时所写。杏花村即在池州城西,以产酒著名。

作者长途遭雨想借酒解乏,却不见酒家。询问牧童,牧童不答,只用牛鞭指向杏花村庄。来了一个跳跃,以鞭代答。

(3) 七绝《思秦淮》:

> 永夜思家梦不成,芭蕉雨点乱三更。
> 秋心已溯长江水,**似觉秦淮杨柳风**。

【注释】

永夜:长夜。 溯:逆流而上。

思家心切,见到江水,觉得秦淮河两岸的杨柳依依,随风飘拂,就在眼前。

(4) 唐·杜甫七律《客至》:

> 舍南舍北皆春水,但见群鸥日日来。
> 花径不曾缘客扫,蓬门今始为君开。
> 盘飧市远无兼味,樽酒家贫只旧醅。
> **肯与邻翁相对饮,隔篱呼取尽馀杯**。

【注释】

飧(sūn):简单的饭菜。 樽(zūn):酒杯。 醅(pēi):没滤过的酒。

本写如何迎接远方来客和如何招待客人,忽然想到隔壁老翁,便招呼过来同饮。表面跳脱了主题,实际紧密相连。

第十三节 映 衬

映衬,修辞学上辞格之一,也叫"衬托"。为了突出主要事物,先描写与之相关事物以便对比,作为陪衬烘托的修辞手法。例如:

(1) 唐·杜甫五绝《归雁》:

> 东来万里客,乱定几年归。
> **肠断江城雁,高高向北飞。**

【注释】

归雁:北归之雁。秋季,北雁飞到南方越冬,春天飞回北方。

作者家在北方(长安),此时流落南方,见雁已北归,自己却不能回去,形成鲜明对比。

(2) 唐·杜牧七绝《题桃花夫人庙》:

> **细腰宫里露桃新**,脉脉无言几度春。
> 至竟息亡缘底事,**可怜金谷坠楼人**。

【注释】

桃花夫人:春秋息侯夫人息妫别称。楚文王闻其美丽,发兵灭了息国,虏息妫入楚宫,生堵敖和成王。传说她以国亡夫死之痛,憎恨文王,始终不通言语。　　细腰宫:指楚宫。楚灵王喜欢细腰美女。　　露桃新:春天新开的桃花。　　息:周代诸侯国名。故地在今河南省息县。　缘底：因何。　可怜：可爱。金谷：金谷园,西晋豪富石崇私家花园。　坠楼人：指石崇歌伎绿珠。赵王司马伦专权,其宠臣孙秀向石崇索要绿珠,石崇不予。孙秀仗势矫诏捕崇,欲抢绿珠,绿珠不从,跳楼自杀。

以绿珠不屈自杀,衬托息妫含恨忍辱,苟且偷生。

(3) 唐·韦应物七绝《滁州西涧》：

独怜幽草涧边生,上有黄鹂深树鸣。
春潮带雨晚来急,野渡无人舟自横。

【注释】

滁州：今属安徽省。　黄鹂：一名黄莺,善鸣,常于春天啼叫。以涧边生草,深树鸟鸣,野渡舟横,映衬滁州西涧幽静无人。

(4) 七绝《上山》：

万朵茶花映小溪,柳丝漫舞草萋萋。
浮云牵引登山上,人到峰头云却低。

【注释】

以云在脚下,映衬山之高大。

第十四节　层　递

层递,修辞学上辞格之一。层递,即"递进",诗词的上下句含有层层递进的意思。例如：

(1) 唐·崔国辅五绝《采莲曲》：

玉溆花争发，金塘水乱流。
相逢畏相失，并着木兰舟。

【注释】

玉溆(xù)：清澈的水边。溆，水边。　金塘：阳光照耀下的池塘。　木兰舟：用木兰树制成的船。常作船的美称。　并着：并排靠拢。

相爱男女在采莲时相遇，害怕采莲后分离，便两船靠拢，抓紧说些悄悄话。由此递进一层。

(2) 唐·刘方平五绝《采莲曲》：

落日清江里，荆歌艳楚腰。
采莲从小惯，十五即乘潮。

【注释】

荆歌：楚歌。荆，今湖南、湖北一带。　艳：羡慕。　楚腰：细腰。　乘潮：乘船在潮水中。

从小学会了划船采莲，十五岁就能驾船随着潮水上下，如履平地，更进一层。

(3) 唐·李绅五言古风《悯农》：

春种一粒粟，秋收万颗籽。
四海无闲田，农夫犹饿死。

【注释】

本首四句，层层递进，揭示赋税繁重，民不聊生。

(4) 唐·杜荀鹤七律《山中寡妇》：

> 夫因兵死守蓬茅，麻苎衣衫鬓发焦。
> 桑柘废来犹纳税，田园荒后尚征苗。
> 时挑野菜和根煮，旋斫生柴带叶烧。
> 任是深山更深处，也应无计避征徭。

【注释】

柘(zhè)：桑属，叶可喂蚕。　　纳税：指丝税。　　征苗：征收青苗税。　　旋斫(zhuó)：刚砍下的。旋，形容时间很短。斫，用刀斧砍。

该诗揭示了战争带给民众的痛苦：家破人亡，田园荒芜，无粮无草，孤儿寡女还要负担蚕丝、青苗等名目繁多的税银，将民众逼向死路。纵观历史，历代战争，无论胜败，受害的是老百姓，受益的是统治者。发动战争者为了巩固或取得政权，强迫、欺骗民众去为他们流血牺牲。双方死伤的多为被迫当兵的老百姓。"一将功成万骨枯"，既精辟又客观。战争结束，胜方指挥者升官发财，败方指挥者携财遁逃。老百姓依然如故。

第十五节　用　　典

用典，修辞学上辞格之一。运用历史典故，是诗词创作中的常用手法。诗篇短小，五绝、七绝只有四句，五律、七律也只有八句，每首诗必须在四句或八句中完成起承转合，同时受平仄、粘对、押韵、对仗等制约，故诗中用字要反复推敲，千锤百炼，术语叫"炼字"（一作"练字"），力争以一当百。若适当用典，既增加诗词容量，又显得篇有余意，能收到事半功倍的效果。例如：

(1) 五绝《读〈史记·燕世家〉》：

太平兴拍马，乱世惜人才。

君且回头看，黄金垒将台。

【注释】

将台：指黄金台。故址在今河北省易县东南。战国燕昭王筑台于此，置千金于台上，延请天下之士，故名。此后，乐毅自魏往，邹衍自齐往，剧辛自赵往，士争相赴。燕昭王二十八年（前284），以乐毅为上将军，与秦、楚、赵、韩、魏合力攻齐，入其都城临淄，齐国除莒、即墨外，尽为燕所得。三十三年（前279）昭王卒，子惠王立，齐将田单在即墨（今山东平度市东南）大破燕军，尽复故土。

(2) 五绝《遣意》：

曾抛陶潜米，厌作饭牛歌。

戴子摔琴碎，千秋价几何。

【注释】

陶潜米：晋代陶潜（渊明）为浔阳（今属江西）令时，因不愿"为五斗米折腰"而辞官归隐。　饭牛歌："甯戚（卫人）欲干（gān）齐桓公，穷困无以自进，于是为商旅将任车以至齐，暮宿于郭门之外。桓公郊迎客，夜开门……甯戚饭牛居车下，望桓公而悲，击牛角疾歌。桓公闻之，抚其仆之手曰：'异哉，之歌者非常人也。'命后车载之。"（见《吕氏春秋·举难》）借指以言语投合人主之意而登身为显官。饭，饲。甯，同"宁"。戚，一作"越"。干，求见。将，跟随。任车，挽（赶）车。郭门，外城门。疾，急忙。"桓公夜出迎客，而甯戚疾击其牛角商歌曰：'南山矸，白石烂，生不遭尧与舜禅。短布单衣适至骭，从昏饭牛薄夜半，长夜曼曼何时旦？'"（见《史记集解》）商歌，悲凉低音的歌。矸(gān),白净。遭,遇。禅(shàn),帝王让位与外姓。骭(gàn),小腿。薄,近,即将。曼曼,同"漫漫",长远。旦,天亮。戴子:指戴逵,字安道,晋谯郡铚(zhì)县(今安徽濉溪)人,后移居会稽剡县(今浙江嵊州),善鼓琴。武陵王司马晞曾召他鼓琴,逵对使者摔碎其琴,曰:"戴安道不能为王门伶人。" "千秋"句:谓千百年来有谁能衡量出戴逵的价值呢?

(3) 五绝《三径》:

> 门前三径荒,罗雀亦空忙。
> 流水原无意,匆匆过舍旁。

【注释】

三径:西汉末,王莽专权,兖州刺史蒋诩告病辞官,隐居乡里,于院中辟三径,唯与求仲、羊仲来往(见《三辅决录·逃名》)。后常用"三径"代称家园或隐居。

(4) 五绝《虎丘访剑池》:

> 刺客鱼藏剑,秦皇破虎丘。
> 后人来吊古,徒自恨悠悠。

【注释】

虎丘:山名,在江苏省苏州市西北阊门外。相传春秋时吴王阖闾(一作"阖庐")葬于此处,三日有虎踞其上,故名。 剑池:传为阖闾葬剑处,在虎丘山,池的石崖上有"剑池"二字,传为王羲之所题。 "刺客"句:吴公子光使专诸以献鱼为名,藏剑鱼腹中,刺死吴王僚而自立,是为吴王阖闾。后与越王勾践战于樵(zuì)李(今浙江嘉兴西南),兵败伤指而亡;死后将其所用宝剑陪葬于虎丘。櫔,同"栎"。　"秦皇"句：秦始皇闻阖闾所葬宝剑锋利无比,曾破虎丘寻剑,结果无功而返。

(5) 唐·李白七绝《永王东巡歌》：

　　　三川北虏乱如麻,四海南奔似永嘉。
　　　但用东山谢安石,为君谈笑静胡沙。

【注释】

　　永王：唐玄宗第十六子李璘。　东巡：安禄山叛军攻陷潼关,唐玄宗出逃四川时,命李璘经营长江流域,永王引水师顺江东下。　三川：指黄河、洛河、伊河。此指三水流经的地方。　北虏：指安禄山、史思明叛军。　永嘉：晋怀帝永嘉五年(311),十六国之一前赵刘聪的相国刘曜(yào),攻陷西晋都城洛阳,西晋贵族纷纷南逃渡江。此喻安史叛军攻陷唐都长安(今陕西西安),唐玄宗等南逃四川。　谢安石：谢安,字安石。曾统东晋军队,破列国前秦苻坚大军于淝水,创造了历史上以少胜多的著名战例。李白以谢安自比,欲展抱负。　胡沙：比喻安史叛军。

(6) 唐·杜牧七绝《赤壁》：

　　　折戟沉沙铁未消,自将磨洗认前朝。
　　　东风不与周郎便,铜雀春深锁二乔。

【注释】

　　赤壁：山名,即今湖北省武汉市赤矶山,在长江南岸。东汉末年,孙权与刘备联合,在赤壁江面火烧魏军水寨,大败曹操军队。　消：一作"销"。　周郎：指东吴都督周瑜。　铜雀：铜雀台,是曹操姬妾歌伎居住之所,旧址在今河北省临漳县西。　二乔：大乔与小乔姐妹俩。大乔为孙策之妻,小乔为周瑜之妻。末句意为:如果没有东风助火夜烧曹营,魏军一旦过江灭了东吴,吴国君臣及其妻妾都将成为曹操的俘虏。

(7) 唐·章碣七绝《焚书坑》:

> 竹帛烟消帝业虚,关河空锁祖龙居。
> 坑灰未冷山东乱,刘项原来不读书。

【注释】

焚书坑:秦始皇焚书坑儒处,在今西安市临潼区骊山下。公元前212年,始皇从李斯议,下令除秦国史记和博士官所藏书外,私人所藏儒家经典及诸子书一概送官府烧毁。只有医药、卜筮、农作书不禁。下令后三十天不送所藏书到官府,罚筑长城四年。聚谈诗书者斩首,是非古今者灭族。始皇活埋违令儒生467人。 竹帛:指书籍。 关河:函谷关与黄河。 锁:守。 祖龙居:指秦都咸阳。祖龙,指秦始皇。 山东:华山以东,泛指中原地区。 刘项:刘邦、项羽。刘邦原为泗水亭长,项羽系楚国贵族,乃武将;刘、项均非文人。意为亡秦者并非书生,焚书坑儒也挽救不了秦朝。

(8) 七绝《应邀赴园外园学生宴会并赠》:

> 临波把盏共流觞,醉倒黄公桌椅旁。
> 为记桃花潭水意,不揣冒昧赠云章。

【注释】

波:指京杭大运河。 流觞(shāng):晋王羲之于永和九年(353)三月三日,同谢安等41人会于今浙江绍兴兰亭,对曲水流觞,赋诗成集,王羲之为此诗集作序,即《兰亭集序》。后人简称《兰亭序》。此处借以烘染气氛。觞,酒杯。　　黄公:晋酒家名。晋阮籍、嵇康等竹林七贤常聚此畅饮,大醉而归。此为借喻。　　桃花潭水:据《随园诗话》,汪伦仰慕李白诗名,苦于无缘相见,特寄书与白,诈称其处万株桃花盛开,映照千尺潭水,美不胜收,恳请李白前往游览。李白见信,欣然前往。汪伦热情招待李白时,躬身使礼,说明原委,笑道:潭在悬崖峭壁下,不便攀登。所谓"十里桃花",是说十里外有桃花渡口。"万家酒店",是指潭西有万姓酒店。李白听后,大笑不已。酒后辞行,汪伦送之,恋恋不舍,李白遂作《赠汪伦》:"李白乘舟将欲行,忽闻岸上踏歌声。桃花潭水深千尺,不及汪伦送我情。"　　云章:原指天子布法度于天下,后因称笔迹为云章。(见《辞源》)

(9) 七绝《第三次修改完〈中国历朝诗选〉与〈中国历朝词选〉》:

反复推敲岁月忙,闻鸡起舞带昏黄。
今朝长叹修完后,陡觉新添一半霜。

【注释】

推敲:唐代僧人贾岛夜访友人未见,返回时骑驴信口吟成"鸟宿池边树,僧推月下门"之句,后觉"推"字欠妥,改为"敲"字,并引手作推、敲之势,因只顾"推""敲",不慎误撞京兆尹韩愈导从。被带至愈前,愈问其故,岛以实告,愈立马良久思之。谓岛曰:"'敲'字佳矣。"后因称对诗文的字句反复斟酌为推敲。闻鸡起舞:晋代祖逖半夜闻鸡叫,即起床舞剑,刻苦练功,以便报效国家。

(10) 七绝《蠡湖信步》：

一棹五湖名字香，姑苏台下说兴亡。
谁人不笑邯郸梦？依旧机心日夜忙。

【注释】

名字：指范蠡的名字。　香：指为世人代代传颂。　姑苏台：台名，在苏州市西南姑苏山上，吴王夫差筑。夫差常携西施在此游宴作乐。(见《吴越春秋》)　邯郸梦：黄粱梦。　机心：智巧变诈的心计。"机心存于胸中，则纯白不备。"(见《庄子·天地》)

(11) 唐·杜甫七律《蜀相》颈联、尾联：

三顾频频天下计，两朝开济老臣心。
出师未捷身先死，长使英雄泪满襟。

【注释】

蜀相：指蜀汉丞相诸葛亮，字孔明，琅琊阳都(今山东沂南县南)人。祖父丰为汉司隶校尉(京都警备)。父珪，字君贡，汉末为泰山郡丞。亮父母早逝。叔父玄为豫章(治今江西南昌)太守，与袁术、刘表友善。后避黄巾战乱，携家人及亮与兄(瑾)、弟(均)、姊投荆州牧刘表。玄卒，亮隐居南阳隆中(在今湖北襄阳城西二十里)，躬耕陇亩，以待时机。其兄瑾被鲁肃荐佐东吴。其姊嫁刘表亲戚庞山民(荆州望族)。亮后应刘备三顾，助备成就蜀汉基业。为了统一中原，屡次北伐，先后六出祁山，终因劳累过度，病死于五丈原军帐中。五丈原在今陕西祁山县南石头河与渭河交汇处西南。(参见《三国志·蜀书·诸葛亮传》)。

(12) 唐·刘禹锡七律《西塞山怀古》首联、颔联：

> 王濬楼船下益州，金陵王气黯然收。
> 千寻铁锁沉江底，一片降幡出石头。

【注释】

西塞山：在今湖北省大冶市东面临江。东吴孙皓在此用铁链锁江，以拒西晋水师。　下益州：益州，今四川成都。西晋王濬奉命率战船自益州出发，顺长江东下，直取东吴。　金陵：今江苏省南京市，时为东吴都城。　铁锁：指东吴君主孙皓锁江的大铁链。　降幡：王濬用大筏数十，冲走铁锥，以火炬烧毁铁链，径登三山（在今南京西南板桥镇三山村长江东岸），直取金陵。皓备亡国之礼而降。幡，旗。　石头：石头城，即金陵城。

第十六节　倒　装

倒装，修辞学上辞格之一。所谓倒装，就是颠倒词语结构。诗词讲究声调平仄与押韵，遣词造句既要严守格律，又要通而不俗，新颖流畅。推敲炼字、炼句时，往往须用倒装手法。但倒装不能随意，必须保持意思不变，甚至更好。例如：

(1) 唐·孟浩然五绝《宿建德江》：

> 移舟泊烟渚，**日暮客愁新**。
> 野旷天低树，江清月近人。

【注释】

愁新：为"新愁"的倒装句。"愁新"二字均系平声，而"新愁"是同样，之所以要颠倒一下，因"愁"与"人"字不同韵，"新"与"人"

同韵,故须倒装。以下多属类似情况。

(2) 唐·王维五律《山居秋暝》首联、颔联:

空山新雨后,天气晚来秋。
明月松间照,清泉石上流。

【注释】

晚来秋:为"秋来晚"的倒装句。

(3) 唐·白居易五律《秋雨夜眠》颈联、尾联:

灰宿温瓶火,香添暖被笼。
晓晴寒未起,霜叶满阶红。

【注释】

灰宿:是"宿灰"的倒装句。宿灰,经夜的木炭灰烬。　香添:系"添香"的倒装句。香,熏香。

(4) 唐·杜甫七律《阁夜》颈联、尾联:

野哭千家闻战伐,夷歌数处起渔樵。
卧龙跃马终黄土,人事音书漫寂寥。

【注释】

夷歌:指西南少数民族之歌。　"卧龙""人事"二句:意为"贤愚同尽,则目前人事,远地音书,亦付之寂寥而已。"(见《唐诗别裁集》)卧龙,诸葛亮。跃马,化用左思《蜀都赋》"公孙跃马而称帝"句,指公孙述在西汉末乘乱据蜀称帝。

"野哭千家闻战伐"系"千家野哭闻战伐"的倒装句。闻战伐,听到亲人死在战场上。

"夷歌数处起渔樵"是"数处渔樵起夷歌"的倒装句。起,唱起。

(5) 七绝《黛眉》:

> 碎剪金英秋半老,红颜憔悴知多少。
> **相思莫道据无凭**,试看风吹人欲倒。

【注释】

碎剪金英:瘦长的菊花瓣似细剪而成。"相思莫道据无凭"为"莫道相思无凭据"的倒装句。

第十七节 省 字

近体诗,句短字少,字句固定,五言每句五个字,七言每句七个字。省字,即压缩诗句,意思不变,以成诗篇。例如:

(1) 唐·王勃五绝《登城春望》:

> **物外山川近**,晴初景霭新。
> 芳郊花柳遍,何处不宜春。

【注释】

物外山川近:是置身于世事之外,就能和山水亲近的省字句。

(2) 唐·卢照邻五绝《曲池荷》:

> 浮香绕曲岸,圆影覆华池。
> 常恐秋风早,飘零君不知。

【注释】

　　浮香绕曲岸：是荷花的清香飘动散发，围绕着曲折的池岸之省字句。　　圆影覆华池：系又大又圆的荷叶投影覆盖着荷花池面的省字句。

(3) 唐·骆宾王五绝《于易水送人》：

　　　　此地别燕丹，壮士发冲冠。
　　　　昔时人已没，今日水犹寒。

【注释】

　　此地别燕丹：是易水边辞别燕国太子丹，壮士荆轲怒发冲冠前往秦国的省字句。

(4) 唐·孟浩然五绝《送朱大入秦》：

　　　　游人五陵去，宝剑值千金。
　　　　分手脱相赠，平生一片心。

【注释】

　　游人五陵去：是友人朱大独自远游，去往京城求官之省字句。五陵，西汉五代皇陵，即高祖的长陵、惠帝的安陵、景帝的阳陵、武帝的茂陵、昭帝的平陵。此处借指唐都长安。

(5) 唐·孟浩然五绝《宿建德江》：

　　　　移舟泊烟渚，日暮客愁新。
　　　　野旷天低树，江清月近人。

【注释】

    移舟泊烟渚：是将小船停靠在烟雾迷茫的小洲旁之省字句。

(6) 唐·王昌龄七绝《从军行》：

    青海长云暗雪山，孤城遥望玉门关。
    黄沙百战穿金甲，不破楼兰终不还。

【注释】

    青海长云暗雪山：是青海湖上连绵不断的大片乌云笼罩着终年积雪的祁连山之省字句。

(7) 唐·王昌龄七绝《春宫曲》：

    昨夜风开露井桃，未央前殿月轮高。
    平阳歌舞新承宠，帘外春寒赐锦袍。

【注释】

    昨夜风开露井桃：是昨夜春风催开了露井旁边的桃花之省字句。露井，没有井亭遮盖的井。

(8) 唐·王维五绝《送别》：

    山中相送罢，日暮掩柴扉。
    春草明年绿，王孙归不归。

【注释】

    山中相送罢：是山中送别友人归来后的省字句。

(9) 五绝《虎丘访剑池》：

刺客鱼藏剑，秦皇破虎丘。

后人来吊古，徒自恨悠悠。

【注释】

刺客鱼藏剑：是刺客专诸将短剑藏在鱼腹中的省字句。秦皇破虎丘：是秦始皇破开虎丘寻找吴王阖闾的陪葬宝剑之省字句。

第十八节 顶 真

顶真，修辞学上辞格之一。用前文的末尾作下文的开头，首尾蝉联。例如：

(1) 知无不言，言无不尽。

【注释】

知无不言，言无不尽：语出宋代苏洵《衡论·远虑》："知无不言，言无不尽，百人誉之不加密，百人毁之不加疏。"后二句意为：很多人赞誉他，也不会因此而跟他更加亲密；很多人诋毁他，也不会因此而疏远他。百人，泛指很多人。

(2) 一而再，再而三。一传十，十传百。

(3) 人同此心，心同此理。

【注释】

人同此心，心同此理：人们对于事情往往有相同的感受和想法。

(4) 七绝《望月》:

> 忽明忽暗一团银,断续浮云断续轻。
> **久望浮云云不动,不知何故月东行。**

【注释】

"久望""不知"二句:谓浮云西行掠过月亮,忽明忽暗所产生的视觉错误。

(5) 七绝《避愁》:

> **独上江楼为避愁,愁偏陪我上江楼。**
> 无端瞥见三江口,却笑沙鸥也白头。

【注释】

无端:没来由,无缘无故。　瞥见:一眼看见。

第十九节　互　文

互文,修辞学上辞格之一,也叫"互辞"。上下文各有交错省却而又相互补足,使之完整达意。或把属于一个句子的意思,分写到两个句子里,解释时必须把上下句的意思互相补充。例如:

(1) 古乐府《木兰诗》:

> 万里赴戎机,关山度若飞
> ……
> 将军百战死,壮士十年归。

【注释】

"将军""壮士"二句意为:将军和壮士在十年征战中,有的战死,有的归来。

(2) 唐·王昌龄七绝《出塞》:

秦时明月汉时关,万里长征人未还。
但使龙城飞将在,不教胡马度阴山。

【注释】

"秦时""万里"二句意为:月亮仍如秦汉时一样照着万里关塞,边防线上至今战火未息。　龙城:在今蒙古人民共和国境内,汉将卫青追击匈奴,深入此处,故用来借指卫青。　飞将:指英勇善战、威慑匈奴的汉将李广,人称"飞将军"。

(3) 唐·杜牧七绝《泊秦淮》:

烟笼寒水月笼沙,夜泊秦淮近酒家。
商女不知亡国恨,隔江犹唱后庭花。

【注释】

"烟笼""夜泊"二句意为:烟月笼罩下的秦淮河边,尽是歌楼酒家。　秦淮:秦淮河。发源于今江苏省南京市溧水区东北,横穿金陵(南京)入长江。　商女:以卖唱为生的歌伎。古代秦淮河两岸多妓院、酒楼。　江:指秦淮河。　后庭花:南朝陈后主所作的乐曲《玉树后庭花》,陈后主迷于声色,终至亡国,其《玉树后庭花》被称为亡国之音。

(4) 唐·白居易古风《琵琶行》开头四句：

浔阳江头夜送客，枫叶荻花秋瑟瑟。
主人下马客在船，举酒欲饮无管弦。

【注释】

"主人""举酒"二句意为：主人送客到船上举酒话别,可惜缺少管弦(乐曲)相伴。

(5) 七绝《蠡园春色》：

烟锁长廊柳锁浓，幽堤曲径翠丛中。
画楼水榭湖光里，到处深红照浅红。

【注释】

"烟锁""幽堤"二句意为：烟柳笼罩着长廊幽堤,曲径掩映在烟柳中。　长廊：蠡湖公园千步长廊,在无锡蠡湖中。　幽堤,指蠡湖堤,堤上翠柳成排,浓荫密布。烟,指湖上雾气。

第二十节　回　环

回环,修辞学上辞格之一。回环,即"回文"。诗句回旋往复,都能成义可诵,意思不变。简单说,回环就是顺读倒读一个样。作起来虽有难度,但意义不大,近似文字游戏。例如：

(1) 南朝齐·王融五绝《后园作回文诗》：

斜峰绕径曲，耸石带山连。
花馀拂戏鸟，树密隐鸣蝉。

【说明】

本诗第三、四句前四字拗了平仄,南朝时律诗尚未定型。

原诗倒读则为:蝉鸣隐密树,鸟戏拂馀花。

连山带石笋,曲径绕峰斜。

(2) 北宋·刘敞五绝《雨后回文》:

绿水池光冷,青苔砌色寒。

竹深啼鸟乱,庭暗落花残。

原诗倒读则为:残花落暗庭,乱鸟啼深竹。

寒色砌苔青,冷光池水绿。

(3) 清·张奕光五绝《梅》:

香暗绕窗纱,半帘疏影遮。

霜枝一挺干,玉树几开花。

原诗倒读则为:花开几树玉,干挺一枝霜。

遮影疏帘半,纱窗绕暗香。

第二十一节 语含哲理

语含哲理,诗词表现手法之一。哲理,宇宙和人生的原理。所谓原理,即某一领域中具有普遍意义的最基本的规律。所谓规律,就是事物发展过程中的本质联系和必然趋势。规律是客观的,不以人的意志为转移,也叫法则。这种表现手法,往往与作者的知识、阅历、思想境界有关。例如:

(1) 唐·王之涣五绝《登鹳雀楼》：

> 白日依山尽，黄河入海流。
> **欲穷千里目，更上一层楼。**

【注释】

"欲穷""更上"二句：说明只有站得高，才能看得远。这是永恒的真理。

(2) 唐·刘禹锡七绝《乌衣巷》：

> 朱雀桥边野草花，乌衣巷口夕阳斜。
> **旧时王谢堂前燕，飞入寻常百姓家。**

【注释】

乌衣巷：在南京市秦淮河南岸。东晋时，宰相王导和谢安等豪门贵族皆居此处。　朱雀桥：秦淮河上的浮桥，离乌衣巷很近。东晋时，为世家豪族游玩之处。　王谢：两姓为六朝望族。此指宰相王导和谢安。

通过夕阳、野草、燕子易主，寄寓世事变迁，沧海桑田，富贵无常的深沉感慨。此时已入晚唐。

(3) 北宋·苏轼七绝《题西林壁》：

> 横看成岭侧成峰，远近高低各不同。
> **不识庐山真面目，只缘身在此山中。**

【注释】

"不识""只缘"二句：谓当事者迷，旁观者清。看问题不妨换个角度。此联形象大于思维。

(4) 清·蒋士铨七绝《题画》：

不写晴山写雨山,似呵明镜照烟鬟。
人间万象模糊好,风马云车便往还。

【注释】

景物小,可以写得具体,通过具体的小景物来显示大的景物。通过表层现象,深化和揭示哲理。就某些情况而言,模糊比清楚好,糊涂比聪明好。

(5) 七绝《落花问》：

我自红来我自飞,问君何故为伤悲。
花开花落寻常事,月到盈时便转亏。

【注释】

世人无须挖空心思去追求青春永驻、长生不老,人的寿命如同花开花落,月圆月缺,顺其自然,坦然面对即可。关键是如何看待人生,有效地利用人生,使人生更有社会价值。所谓社会价值,是指有益于社会、人民大众,而非党派、团体,更不是个人。临死时,不妨自问:我为后人留下了什么？是精神财富,还是物质财富？

(6) 七绝《窗口对月》：

万里婵娟百丈崖,五湖四海一轮斜。
世间风月原无主,只是悲欢乱解它。

【注释】

世间风月原无主,只是悲欢乱解它:在人的感情世界里,以及所有文艺作品中,无论以前、现在和将来,景随情变,永远如此,千古不变。

(7) 唐·许浑七律《咸阳城西楼晚眺》首联、颔联：

　　一上高城万里愁，蒹葭杨柳似汀洲。
　　溪云初起日沉阁，**山雨欲来风满楼**。

【注释】

　　山雨欲来风满楼：世间万物都有发展过程，大到国家兴亡，小到家庭穷富、天气阴晴、花开花落、生老病死，事先都有预兆（迹象预示）。这些都是客观规律，谁也违背不了。此句形象大于思维。

(8) 南宋·陆游七律《游山西村》首联、颔联：

　　莫笑农家腊酒浑，丰年留客足鸡豚。
　　山重水复疑无路，柳暗花明又一村。

【注释】

　　山重水复疑无路，柳暗花明又一村：在语含哲理的同时，又形象大于思维。

(9) 七律《渤公岛闲步》颈联、尾联：

　　花落花飞因蝶懒，春来春去为鹃啼。
　　太湖一望连云际，**人向高攀水向低**。

【注释】

　　渤公岛：在无锡市西南蠡湖中。
　　人向高攀水向低：就总体而言，古今中外，永远如此。

第二十二节 正话反说

正话反说,也叫"反语",修辞学上辞格之一。以批评口气表示赞扬,以表扬口气表示批评。用与本意相反的词语表达本来的意思,即以肯定语气表示否定,以否定语气表示肯定。例如:

(1) 唐·崔道融五绝《班婕妤》:

> 宠极辞同辇,恩深弃后宫。
> 自题秋扇后,不敢怨春风。

(2) 五绝《月照雁北归》:

> 明月花前醉,多贪不碍廉。
> 归鸿知避暑,人定要趋炎。

(3) 唐·杜甫五律《奉陪郑驸马韦曲》首联、颔联:

> 韦曲花无赖,家家恼杀人。
> 绿樽虽尽日,白发好禁春。

【注释】
　　韦曲:地名,在今西安市长安区。　　无赖:无奈,为有趣的反语。　　恼:爱。恼杀人,其实是喜杀人。　　绿樽:酒杯。绿,绿蚁,酒上浮起的绿色泡沫。未滤之酒,浮渣如蚁。　　禁:禁受,是享受春光的反语。

(4) 唐·元稹七绝《酬乐天频梦微之》：

　　　　山水万重书断绝,念君怜我梦相闻。
　　　　我今因病魂颠倒,**惟梦闲人不梦君**。

(5) 七绝《芙蓉山》：

　　　　芙蓉采挖已无踪,改建高楼耸碧空。
　　　　幸喜官家目光远,山峰移到禅院中。

【注释】
　　芙蓉山：在无锡市东北塘,山已不存。原山下寺院现垒座假山,刻有"芙蓉山"三字,以示纪念真芙蓉山的消失。

(6) 唐·皮日休七绝《馆娃宫怀古》：

　　　　绮阁飘香下太湖,乱兵侵晓上姑苏。
　　　　越王大有堪羞处,只把西施赚得吴。

【注释】
　　越王勾践兵败,命范蠡觅得西施,进与吴王夫差,吴王准和。勾践卧薪尝胆,终得灭吴。该诗明讥勾践,暗刺夫差。

第二十三节　谐音双关

　　谐音双关,简称"双关",修辞学上辞格之一。利用词的多义及谐音,使语句有双重含义,言在此而意在彼。例如：

(1) 唐·刘禹锡七绝《竹枝词》：

> 杨柳青青江水平，闻郎江上唱歌声。
> **东边日出西边雨，道是无晴却有晴。**

【注释】

晴：谐"情"。

本首《竹枝词》实为七言绝句，故作例诗录在此处。

(2) 北宋·苏轼题《李思训画长江绝岛图》末尾二句：

> **舟中贾客莫漫狂，小姑前年嫁彭郎。**

【注释】

小孤山：在江西省彭泽县北长江中。 彭郎：彭浪矶。在江西省彭泽县北临江，和小孤山隔江相对。苏轼借"孤"谐"姑"；"浪"谐"郎"。

(3) 七绝《权钱交易》：

> 鸡犬升天莫乱猜，投桃报李好移栽。
> 一丘之貉原同类，**顶子捐来总是才**。

【注释】

投桃报李：语出《诗经·大雅·抑》，"投我以桃，报之以李。"比喻友好往来或互相赠送东西。此指行贿受贿，花钱买官。 移栽：提拔，异地为官。 顶子：官衔。清朝官帽上的顶珠用红、蓝、青、黄不同颜色标明官阶的高低。 才：人才，才能。才，谐"财"。

第二十四节　缘 情 造 景

缘情造景,即情景相生,融为一体。为诗词的表现手法之一。根据诗词内容的需要,去布置周围的环境与景色。本着景为情,情为题,并注意景色与季节的和谐统一。例如:

(1) 唐·杜甫《绝句》：

> 迟日江山丽,春风花草香。
> 泥融飞燕子,沙暖睡鸳鸯。

【注释】

迟日:春日。　泥融:指燕子衔泥垒巢。融,融化。
全首情景相生。

(2) 唐·裴迪五绝《华子岗》：

> 日落松风起,还家草露晞。
> 云光侵履迹,山翠拂人衣。

【注释】

华子岗:在今陕西省蓝田县辋川。　晞(xī):干。　履迹:足迹。
通首情景融为一体。

(3) 唐·柳宗元五绝《江雪》：

> 千山鸟飞绝,万径人踪灭。
> 孤舟蓑笠翁,独钓寒江雪。

【注释】

"千山鸟飞绝,万径人踪灭"二句:系缘情造景。正是为了突出"独钓寒江雪"中的"独"字。

(4) 唐·皎然五律《寻陆鸿渐不遇》:

> 移家虽带郭,野径入桑麻。
> 近种篱边菊,秋来未着花。
> 扣门无犬吠,欲去问西家。
> 报道山中去,归来每日斜。

【注释】

陆鸿渐:名羽。终生不仕,隐居苕溪(在今浙江湖州)。擅长品茶,著《茶经》,人称"茶圣"。 郭:原指外城墙。此指小院围墙。

前四句缘情造景,展示隐者居处幽静。后四句说明"不遇"的原因。

(5) 唐·李端五律《宿洞庭》:

> 白水连天暮,洪波带日流。
> 风高云梦夕,月满洞庭秋。
> 沙上渔人火,烟中贾客舟。
> 西园与南浦,万里共悠悠。

【注释】

洞庭:洞庭湖,在今湖南省境内。 云梦:泽名。按《周礼·夏官·职方》所记,云梦泽在今湖北省荆州市北。此指洞庭湖一带。　贾（gǔ）客：商人。古称行商为商，坐商为贾（gǔ）。西园：汉代上林苑的别称。这里代称京城长安。　南浦：面南的水边，此指洞庭湖。

前六句均为缘情造景。

(6) 唐·杜牧七绝《清明》：

清明时节雨纷纷，路上行人欲断魂。
借问酒家何处有，牧童遥指杏花村。

【注释】

清明时节雨纷纷，路上行人欲断魂：清明节扫墓，乃古今民俗。扫墓，实为悼亡，心情沉重，加之细雨纷纷，衣衫淋湿，心情如何，不言而喻，可谓情景相生，融为一体。

(7) 唐·杜牧七绝《山行》：

远上寒山石径斜，白云生处有人家。
停车坐爱枫林晚，霜叶红于二月花。

【注释】

坐爱：喜爱。

人多赏春，而前首《清明》诗却伤春；人多悲秋，而这首诗却赏秋。实为缘情造景，可见诗词中景随情变。

(8) 七绝《授课途中见落花》：

朵朵樱花杂海棠，纷纷飘落五湖旁。
课诗匆去复匆返，不料春风比我忙。

【注释】

途中：从家到教室的路上。　　杂：落花中掺杂。　　课诗：此指教学诗词格律。

第二十五节　高 度 概 括

高度概括，为诗词的表现手法之一。用精练的语言，极少的文字，描写一件事物或说明一个道理。例如：

(1) 唐·景云七绝《画松》：

画松一似真松树，且待寻思记得无。
曾在天台山上见，石桥南畔第三株。

【注释】

景云：唐代天宝年间诗僧，善画。景云所画松究竟如何？他说和天台山石桥南畔第三棵松是一样的。用"石桥南畔第三株"一句就概括了。天台山在今浙江省天台县北，乃传说中仙女居所，天台之松说不定也带有仙气。这"第三株"是什么样子？给读者留下了无限遐想。

(2) 北宋·苏轼七绝《题西林壁》：

横看成岭侧成峰，远近高低各不同。
不识庐山真面目，只缘身在此山中。

【注释】

西林：西林寺。　　庐山：位于今江西省九江市长江边。
作者只用两句共十四个字，就写尽了庐山的百态千姿：横看一个样,侧看一个样;远看一个样,近看一个样。人间同样如此,有些人说是一个样,做是一个样;当面一个样,背后一个样……

(3) 北宋·苏轼七绝《饮湖上初晴后雨》:

水光潋滟晴方好,山色空蒙雨亦奇。
欲把西湖比西子,淡妆浓抹总相宜。

【注释】

湖:指今浙江省杭州西湖。　潋滟(liàn yàn):水光闪动的样子。　空蒙:雾气迷漫。　西子:指西施,春秋时越国美女。后为美女的代称。

无论晴天还是雨天,西湖都美如西施。晴天如淡施薄粉,雨天似浓妆艳抹。西施之美,全在你的想象中。

(4) 七绝《南京》:

背倚钟山燕子娇,长江吞吐世称豪。
千年玉带秦淮水,纸醉金迷送六朝。

【注释】

燕子:燕子矶,在南京市北长江南岸,形如燕子掠水,故名。吞吐:长江从安徽省芜湖市至南京呈西南往东北流向,至南京北复为东西流向,远望似被南京从西边吞进北边吐出。　秦淮:横穿南京市的秦淮河,自古繁华。　六朝:东吴、东晋、宋、齐、梁、陈先后建都金陵(南京)。

"背倚""长江"二句:概括了南京特殊的地理位置。"千年""纸醉"二句:概括了南京不同寻常的历史。

(5) 七绝《蠡湖信步》：

　　　　一棹五湖名字香，姑苏台下说兴亡。
　　　　谁人不笑邯郸梦，依旧机心日夜忙。

【注释】

　　蠡湖：在无锡市西南郊，为太湖内湖。传说范蠡助越亡吴后，急流勇退，携西施去齐国隐居，途经此湖荡舟而名。"(范蠡)乃装其轻宝珠玉，自与其私徒属，乘舟……浮海出齐。"(见《史记·越王勾践世家》)　一棹：偶然驾舟经过一次。　五湖：太湖别名。名字：指范蠡。　香：指为人们所敬仰，并长期传颂。　姑苏台：台名。在江苏省苏州市西南姑苏山上，传为夫差所造。夫差常携西施在此游宴作乐。"吴王(夫差)……起姑苏之台。三年聚材，五年乃成，高见二百里。行路之人，道死巷哭。……民疲士苦，人不聊生。"(见《吴越春秋·勾践阴谋外传》)　邯郸梦：黄粱梦。"卢生于邯郸(今属河北)客店遇道士吕翁，生自叹穷困，翁乃授以枕，使人梦。卢生梦中历尽荣华富贵。及醒，见店主人所煮的黄米饭尚未熟。"(见《文苑英华·枕中记》)　机心：智巧变诈的心计。"机心存于胸中，则纯白不备。"(见《庄子·天地》)

　　此首诗一、二两句概括了吴越争霸。三、四两句概括了古今人世。

第二十六节　无理而妙

　　无理而妙，即妙在无理，诗词的表现手法之一。指某些诗词语句乍看起来不合情理，但细究起来却又很有道理，给人一种耳目一新、妙不可言的感觉，让人引起联想。例如：

(1) 南宋·严粲《闰九》：

前月登高去，犹嫌菊未黄。

秋风不相负，特地再重阳。

【注释】

闰九：农历闰九月，故有两个九月九日。九，指重阳节。　登高：古代重阳节有登高(高升)、插茱萸(辟邪)、饮菊花酒等习俗。

农历一年与地球公转一周相比，约差十二日，每两年半左右积余二十九天至三十天，农历可闰一月。这本是天地自然规律，作者偏说是因他上月重阳节登高，菊花未开。秋风为了不辜负他，特为他安排第二个重阳赏菊。此话有理吗？

(2) 唐·孟浩然五绝《宿建德江》：

移舟泊烟渚，日暮客愁新。

野旷天低树，江清月近人。

【注释】

建德江：新安江流经建德的一段江水，在今浙江省境内。渚：水中的小块陆地。　客：作者自指。

"野旷天低树，江清月近人。"只有身临其境，仔细观察，方能有此体会。"野旷天低树"为远景，"江清月近人"是近景。若无"日暮客愁新"，则感觉不到"江清月近人"。作者宦游在外，远离家乡，思念亲人，故有此语。

(3) 唐·白居易七绝《大林寺桃花》：

人间四月芳菲尽，山寺桃花始盛开。

长恨春归无觅处，不知转入此中来。

【注释】

大林寺:在今江西省庐山上,"山高地深,时节绝晚"。越往高处气温越低,山的北面比山的南面气温低,这是自然现象。　四月:指农历四月,已到初夏季节。而桃花在农历二月上旬就开了,早已时过境迁。

桃花是春天的象征,初夏时节,作者在"山高地深"的大林寺看到盛开的桃花,说春天原来转移到寺院中。乍听无理,细思却妙不可言。

(4) 唐·徐凝七绝《忆扬州》:

萧娘脸薄难胜泪,桃叶眉长易觉愁。

天下三分明月夜,二分无赖是扬州。

【注释】

萧娘:原指南朝萧宏,萧宏奉诏伐魏,闻魏国援兵至,畏而不前,魏人知其懦弱,送巾帼(妇人的头巾和发饰)给他。此后,泛指为男子所恋之女子。　薄:指淡施薄粉。　胜(shēng):经得起,受得了。　桃叶:东晋王献之爱妾名。此喻所思念的佳人。

萧娘、桃叶,均喻所思之女。惜别时的愁眉、泪眼、难舍之情都成了今天无穷的思念。抬头望月,又偏是当时扬州照人离别的明月,夜深还不离去,好像故意来缠人,增添烦恼,却又无可奈何,故曰"无赖"。无赖,即无奈。

谁也不会相信天下三分月光,扬州独占二分;若设身处地,便可理解了。名为忆扬州,实是怀念佳人。扬州后被称为"月亮城",此乃形象大于思维的典型事例。

(5) 元末明初·唐温如七绝《题龙阳县青草湖》：

　　　　西风吹老洞庭波，一夜湘君白发多。
　　　　醉后不知天在水，满船清梦压星河。

【注释】

　　龙阳：今湖南省汉寿县。　　青草湖：在洞庭湖东南。　　清梦：闲梦。自我解嘲语。　　星河：倒映水中的繁星与银河。其实银河就是无数星星组成的。

　　梦，既无形状，更无重量，却说"满船清梦压星河"，毫无道理。人在船中，船在水上，星河映在水下，"满船清梦"当然压在星河上。"压"字不但形象毕真，而且新颖客观，简直是神来之笔，妙绝了！

(6) 七绝《太湖晚景》：

　　　　湖光一片映山茶，燕子低飞趁晚霞。
　　　　柳影不随春水去，丝丝只为恋芳华。

【注释】

　　太湖北通长江，南通黄浦江入海。水是流动的，柳树是固定的，柳的倒影当然不会随着流水而去，却说柳影是为了贪恋春天美景，虽无理，但耐人寻味。

(7) 七绝《山上》：

　　　　贪看阳乌照晚林，归巢鸟叫似多情。
　　　　浮云讨厌蠢书客，飘过身旁不肯停。

【注释】

蠹(dù)书客：比喻埋头苦读者，含有不合时宜之意。此为自指。

(8) 七律《渤公岛闲步》颈联、尾联：

> 花落花飞因蝶懒，春来春去为鹃啼。
> 太湖一望连云际，人向高攀水向低。

【注释】

渤公岛：位于江苏省无锡市西郊蠡湖与太湖之间，系风景区。

"花落花飞因蝶懒，春来春去为鹃啼"二句无理。"花落花飞"，谓春天已过。杜鹃鸟常于暮春啼叫。蝴蝶与花相伴而生，花落后，无花可采，蝴蝶自然就不来了，并非蝴蝶懒惰。"春来春去"也不是为了杜鹃，杜鹃啼叫仅是春将结束的象征。话虽无理，但现实就是这样：花落了，蝴蝶不来了；春天过去了，杜鹃不叫了。

第二十七节 尾句宕开

尾句宕开，即以景结情，为诗词表现手法之一。一首诗或一首词无论字句多少，都要讲究起承转合。所谓"合"，就是"收尾"。善于诗词者，往往结合内容，以景色结尾，让人加深印象，引起联想。例如：

(1) 唐·白居易五律《秋雨夜眠》颈联、尾联：

> 灰宿温瓶火，香添暖被笼。
> 晓晴寒未起，霜叶满阶红。

【注释】

"霜叶满阶红"就是以景结情。乍看与作者"秋雨夜眠"毫无关系,若联系"香添暖被笼",则显出作者安闲、平静;天亮见是晴天,天气寒冷,年老懒得起床,忽然想象霜后红叶一定落满了阶石。"霜叶满阶红",既是尾句宕开,又是"示现",因作者尚未起床,完全是凭生活经验想象的。

(2) 唐·温庭筠五律《处士卢岵山居》颈联、尾联：

千峰随雨暗，一径入云斜。

日暮鸟飞散，**满山荞麦花**。

【注释】

此诗以"满山荞麦花"景色结尾。

(3) 唐·戎昱七绝《塞下曲》：

汉将归来虏塞空，旌旗初下玉关东。

高蹄战马三千匹，**落日平原秋草中**。

【注释】

虏塞空：指敌军大败而逃。　　玉关：玉门关。

(4) 唐·刘禹锡《西塞山怀古》颈联、尾联：

人世几回伤往事，山形依旧枕寒流。

今逢四海为家日，**故垒萧萧芦荻秋**。

【注释】

故垒：往日的军事堡垒。　　萧萧：风声。

(5) 七绝《紫金山展望》：

钟山依旧数风流，六代豪华埋径幽。

江水不随朝代变，**浪花扑上石矶头**。

【注释】

紫金山：钟山，在南京市。　　石矶：燕子矶，在钟山北长江南岸，突入江中，因形如燕子掠水，故名。

"江水"句：虽然无理，但含哲理。山水永远属于全社会，属于人民大众，任何一个统治者都不能永远占有它。国亡、人死，山水依然如故。

该诗以江水拍打燕子矶，激起巨大浪花的动景结尾，让人不禁向往。

(6) 七绝《浮生几度凉》：

天赋人生几度凉，乱分秋色满池塘。

衰荷无语芦花老，**落叶纷纷送夕阳**。

【注释】

浮生：指人生，是人生的消极称谓。

这首七绝以夕阳西下，落叶纷飞结尾，暗示人已迟暮。

(7) 七绝《蠡园春色》：

烟锁长廊柳锁浓，幽堤曲径翠丛中。

画楼水榭湖光里，**到处深红照浅红**。

【注释】

蠡园：蠡湖公园简称，在无锡市蠡湖中。　　长廊：千步长廊,在蠡湖公园内。　　水榭:建在水上的亭阁。

第二十八节　不着声色

不着声色,诗词表现手法之一。所谓不着声色,即喜怒不形于色,多用于讽刺、批评方面的题材,不露锋芒,绵里藏针。用于爱情方面避免低俗轻艳,情意直露。力争含蓄,给人只可意会,不可言传的感觉。例如:

(1) 唐·杜牧七绝《江南春》:

千里莺啼绿映红,水村山郭酒旗风。
南朝四百八十寺,多少楼台烟雨中。

【注释】

南朝:指建都今江苏南京的宋、齐、梁、陈。南朝帝王崇信佛教,约一半农民被诱投佛寺充当佃户。　　四百八十寺:梁武帝时,仅建康(南京)即有寺院五百余所,僧尼十多万人,良田沃土,多被寺院占去。　　"多少"句:意为众多寺院,隐约于烟雨中,兴建寺院的统治者又在哪里呢?

作者以状景抒情的形式,批评统治者荒唐腐败,显得绵里藏针,不露声色。

(2) 唐·皮日休七绝《馆娃宫怀古》:

绮阁飘香下太湖,乱兵侵晓上姑苏。
越王大有堪羞处,只把西施赚得吴。

【注释】

该诗不着声色,批评勾践兵败行贿;吴王夫差不纳伍子胥忠谏,为西施所迷,准越求和,轻信伯嚭谗言,迫伍子胥自尽,导致亡国自杀。此诗明讥勾践,暗刺夫差。

(3) 唐·章碣七绝《焚书坑》:

竹帛烟销帝业虚,关河空锁祖龙居。

坑灰未冷山东乱,刘项原来不读书。

【注释】

批评秦始皇残暴统治,显得心平气和,不露声色。

(4) 南宋·范成大七绝《秋日二绝》之一:

碧芦青柳不宜霜,染作沧洲一带黄。

莫把江山夸北客,冷云寒水更荒凉。

【注释】

北客:指来自北方的金朝使者。南宋绍兴十一年(1141),宋高宗、秦桧与金人订立"和约",向金朝称臣,每年贡银二十五万两、绢二十五万匹,割淮水以北、大散关以西土地与金,杀害岳飞,夺取韩世忠等人兵权。宋、金和议后,北使来临,南宋君臣奴颜婢膝,竭力奉迎,并邀请北使观赏江南风光,讨好献媚。

作者用温和的口气,以景结情的方法,批评南宋君臣的卑鄙行径。

(5) 南宋·陆游七绝《秋夜将晓出篱门迎凉有感》:

三万里河东入海,五千仞岳上摩天。

遗民泪尽胡尘里,南望王师又一年。

【注释】

遗民：指淮河以北广大沦陷区的人民。　胡尘：指金人统治下的中原大地。胡，古代称北方少数民族为胡人。

该诗不着声色地批评南宋朝廷偏安江南，无意收复失地。

(6) 南宋·林升七绝《题临安邸》：

山外青山楼外楼，西湖歌舞几时休。

暖风熏得游人醉，直把杭州作汴州。

【注释】

临安：南宋都城，今浙江省杭州市。　邸(dǐ)：旅舍。　汴州：北宋都城汴梁，今河南省开封市。

全诗不着声色，批评南宋朝廷奸臣当道，灯红酒绿，醉生梦死，苟且偷安，得过且过。

(7) 七绝《致剽窃者》：

顺手牵羊免运筹，移花接木也丰收。

曾闻二句三年得，试问先生可泪流。

【注释】

剽窃：抄袭别人诗词佳句据为己有。　二句三年得：唐代贾岛《题诗后》："二句三年得，一吟双泪流。知音如不赏，归卧故山秋。"

第三章　曲子词常用辞格

第一节　比　喻

曲子词,简称"词"。

比喻,修辞学上辞格之一,亦作"譬喻"。比喻,即表示两种不同程度的事物,彼此之间有相似点,用一种事物来比方另一种事物的修辞手法。一般由三个部分组成,即本体(被比喻的事物)、喻体和比喻词。比喻分明喻、暗喻、借喻、博喻等。博喻不适用诗词,见第二章第一节近体诗比喻。

一、明喻

明喻,本体、喻体都出现,本体和喻体之间常用"如""似""像""若"等比喻词相连接。例如:

(1) 唐·白居易《忆江南》:

江南好,风景旧曾谙。日出江花红胜火,春来江水绿如蓝。能不忆江南?

【注释】

谙(ān):熟悉。　　蓝:以一种蓝草制成的颜料,也叫靛

（diàn）青。

(2) 南唐·李煜《虞美人》下片：

雕栏玉砌应犹在，只是朱颜改。**问君能有几多愁？恰似一江春水、向东流。**

【注释】

雕栏：雕花栏杆。　　玉砌：玉石台阶。　　问君：作者设问，即自问。君，作者自指。

(3) 南宋·李清照《醉花阴》下片：

东篱把酒黄昏后，有暗香盈袖。莫道不销魂，**帘卷西风，人比黄花瘦。**

【注释】

暗香：幽香,此指菊花的香气。　　销魂：感触很深,好像魂魄要离开躯体一样。　　比：一作"似"。　　黄花：指菊花。

(4) 南宋·唐婉《钗头凤》下片：

人成各，今非昨。**病魂常似秋千索。**角声寒，夜阑珊。怕人寻问，咽泪装欢。瞒，瞒，瞒！

【注释】

病魂：指病体。　　角：古代一种吹奏乐器,常作军中号角,以报昏晓。　　寒：指凄凉。　　阑珊：将尽。

相传该词是唐婉为和答陆游的《钗头凤》而作。此后不久,作者便抑郁而死。

(5)《如梦令·采藕》：

桃叶渡前杨柳，**十里秦淮如酒**。雨洒夹江时，白鹭洲前采藕。知否？知否？往事不堪回首。

【注释】

秦淮：南京秦淮河。　　白鹭洲：此处泛指江中沙洲。

(6)《行香子·抚琴》上片：

九尽严冬，岁月匆匆。桃花腼腆杏花红。伤高怀远，离思无穷。万里长江，**春草绿，似情浓**。

(7)《浪淘沙令·绮思》下片：

偶梦到阳台，雨骤云来。销魂无意失金钗。**回首落红愁似海**，没处安排。

【注释】

绮思：原指华美的文思，此指美好的思绪。　　阳台：楚怀王游高唐馆，怠而昼寝，梦见一妇人……妇人去而辞曰："妾在巫山之阳，高丘之岨（同'阻'），旦为朝云，暮为行雨，朝朝暮暮，阳台之下。"（见《高唐赋·序》）岨，险也。　　落红：落花。

(8)《生查子·直钓》上片：

青山似画屏，白水如绸带。雨到鹭高飞，雾散峰都在。

二、暗喻

暗喻，也称"隐喻"。本体、喻体都出现，在其他文体中常用"是""也""成"等比喻词连接本体和喻体。格律诗词因受字数限制，有时不用"是""也""成"等比喻词相连接，同样能表示本体和喻体之间的相互关系。例如：

(1) 南宋·辛弃疾《临江仙》下片：

记取小窗风雨夜，对床灯火多情。问谁千里伴君行。**晚山眉样翠，秋水镜般明。**

【注释】

　　君：指辛佑之，作者之弟。

(2) 南宋·辛弃疾《南乡子·登京口北固亭有怀》上片：

何处望神州？满眼风光北固楼。**千古兴亡多少事，悠悠。不尽长江滚滚流。**

【注释】

　　神州：指淮河以北广大沦陷地区，宋金和约以淮河为界。滚滚流：比喻岁月如流水，一去不复返。

(3)《浪淘沙令·独步》上片：

湖上落英飘，杜宇声高。**半山草绿系裙腰**。偶忆旧时双照影，雨洒虹桥。

【注释】

　　落英：落花。　　杜宇：杜鹃鸟。杜鹃常于暮春啼叫。　　裙腰：裙带。

(4)《忆秦娥·春登纪山》下片：

旧游还记洞庭中，沉鱼羞得桃花红。桃花红。凌波人去，拜月楼空。

【注释】

沉鱼：形容女子有沉鱼落雁之容。此句亦属"无理"，红是桃花本色，却说桃花面对美女，自愧不如而羞得发红。　凌波人：原指洛水女神，《洛神赋》有"凌波微步"之赞，此乃借指。凌波，形容女子步履轻盈的样子。　拜月楼：少女于闺楼焚香拜月，祈祷如愿。

三、借喻

借喻，指本体不出现，也不用比喻词，而用喻体直接代替本体，即用比喻代替正文。例如：

(1) 唐·韩翃《章台柳》：

章台柳，章台柳，往日青青今在否。纵使长条似旧垂，亦应攀折他人手。

【注释】

章台：台名，此指章台街，在今陕西长安区故城西南隅，古时街旁多柳，且为妓女聚居地。柳：指作者宠姬柳氏。安史叛乱时，作者与柳氏在战乱中奔散，柳氏出家为尼。作者得知消息，特以该词寄柳氏。词中之柳，借喻柳氏。

(2) 南宋·陆游《卜算子·咏梅》：

驿外断桥边，寂寞开无主。已是黄昏独自愁，更著风和雨。 无意苦争春,一任群芳妒。 零落成泥辗作尘,只有香如故。

【注释】

咏梅:是作者借梅花自喻。 驿:驿站。 更著:更加。著,同"着"。 群芳:百花。此喻秦桧及趋炎附势者。陆游考进士时,因名列秦桧之孙秦埙之前,遂被罢免。 辗:同"碾"。

(3)《清平乐·寄夫》:

春浓音杳,再问君安好。别后山重波渺渺,尘积妆台懒扫。 楼上小鸟喳喳,**路旁到处鲜花**。莫惜争奇斗艳,**孤芳心系天涯**。

【注释】

末句"孤芳"原为"孤灯",后觉"孤灯"直白,易为"孤芳"。如此便显得通而不俗,可见"推敲"在诗词中的重要性。"孤芳"和"鲜花",均为借喻。

(4)《踏莎行·枕边》上片:

细雨黄昏,晚来风骤。**杜鹃啼得春山瘦**。蜂群蝶阵过墙东,长门青草人依旧。

【注释】

春山:比喻女子黛眉。形容女子秀眉如春山般青翠。 长门:汉宫名。汉武帝皇后陈阿娇失宠后退居长门宫,后喻失宠。人:指词中女子。本词系为女子代言。男方不守诺言,她依旧芳心不改。

第二节 夸 张

夸张,修辞学上辞格之一,是文艺创作的一种表现手法。以现实生活为基础,借助丰富的想象,抓住描写对象的某些特点加以放大或缩小,既超越实际又不脱离实际,既新异奇特又不违背情理,用夸大的词句来形容事物的特点。例如:

(1) 南宋·李清照《武陵春》下片:

闻说双溪春尚好,也拟泛轻舟。**只恐双溪舴艋舟,载不动、许多愁。**

【注释】

双溪:水名。在今浙江省金华市。 春:春景。 拟:打算。 舴艋(zé měng):小船。

作者说小船载不动她的愁,明显是夸张。愁既无形状,又无重量,说小船装不下,又明显无理。然而,此句却让人感到新颖而奇特。

(2) 南宋·辛弃疾《破阵子》下片:

马作的卢飞快,弓如霹雳弦惊。了却君王天下事,赢得生前身后名,可怜白发生。

【注释】

作:像。 的卢:骏马名。刘备曾乘的卢,横渡檀溪,水深流急,"的卢乃一跃三丈,遂得过。"(见《世说新语》) 霹雳:形容弓弦的响声。　　了却：完成。　　赢得：获取。　　可怜：可惜。

(3) 民国·王国维《蝶恋花》上片：

窈窕燕姬年十五，惯曳长裙，不作纤纤步。**众里嫣然通一顾，人间颜色如尘土。**

【注释】

燕姬：燕地女子。燕，北京市一带。　　曳：拖。　　纤纤步：碎步。　　嫣然：笑容美好的样子。

(4)《满江红·钱塘潮》：

滚滚烟涛，**震撼那、九天宫阙。人道是、子胥发怒，推波层叠。壁立潮头拥百丈，山摇地动雷鸣烈。**似千军、万马跨银鞍，争超越。　鲛人舞，绡卷雪。龙腾起，冰峰截。看神工造化，禹州惊绝。**倒海翻江辞塔去，冲锋陷阵迎台歇。**劝英雄、且慢问夫差，犹悲切。

【注释】

子胥发怒：传说钱塘江大潮乃伍子胥死后发怒，驱水为涛所致。　　鲛人舞：传说鲛人居南海水底，善于织绡（生丝织的白绢）。"南海水有鲛人，水居如鱼，不废织绩，其眼能泣珠。""鲛人从水中出，寓人家积日，卖绡将去，从主人索一盘，泣而成珠满盘，以与主人。"（见《博物志》）　　台：钓台。在浙江省桐庐富春江畔，为东汉严子陵隐居垂钓处，潮水涌到子陵台下渐趋缓停。　　问：责问。夫差不听伍子胥多次劝谏，信伯嚭谗言，允越求和，留下后患,以致亡国自杀。

(5)《浪淘沙令·下海游泳》:

无际浪滔天,空气新鲜。波涛莫笑古稀年。独自跃身东海里,扑向潮尖。　**碧水灭云烟,衣带相连。金门隐隐坐琼田。**俯仰人间多少事,饭后茶前。

【注释】

金门:台湾金门岛。金门和厦门只隔台湾海峡。　琼田:形容海面像美玉一样。　饭后茶前:历史上的许多重大事件,随着时间推移,早已成为人们茶余饭后的闲话资料。

第三节　拟　人

拟人,修辞学上辞格之一。将非人类的事物人格化,把人的思想感情赋予它们。例如:

(1) 唐·刘禹锡《潇湘神》:

斑竹枝,斑竹枝,泪痕点点寄相思。楚客欲听瑶瑟怨,潇湘深夜月明时。

【注释】

斑竹:亦称湘妃竹。传说娥皇、女英闻舜死,寻而不见,悲而痛哭,挥泪溅竹,竹上遂染泪成斑。　楚客:作者被贬朗州(治今湖南常德),古属楚地,故借以自指。　瑶瑟:瑟的美称,古代一种弦乐器。传说娥皇、女英死后为湘水之神,常于月下鼓瑟寄托哀思。《楚辞·远游》:"使湘灵鼓瑟兮。"

(2) 北宋·欧阳修《望江南》上片：

江南蝶，斜日一双双。身似何郎全傅粉，**心如韩寿爱偷香**。天赋与轻狂。

【注释】

何郎："何平叔（晏）美姿仪，面至白，魏明帝疑其傅粉，正夏月与热汤饼，既啖（dàn），大汗出，以朱衣自拭，色转皎然。"（见《世说新语·客止》）啖，食。　　韩寿：据《晋书·贾充传》所载："韩寿美姿容，贾充（司空）辟为司空掾。充少女贾午见而悦之，使侍婢潜通音问，厚相赠给，寿逾垣与之通。午窃充御赐西域奇香赠寿。充僚属闻其香气，告于充。充乃考问女之左右，具以状对。充秘之，遂以女妻寿。"　　轻狂：指爱情不专一。常喻薄情男子。

(3) 南宋·辛弃疾《菩萨蛮》：

青山欲共高人语，联翩万马来无数。烟雨却低回，望来终不来。　　人言头上发，总向愁中白。**拍手笑沙鸥，一身都是愁**。

【注释】

高人：超脱世俗之人。多指隐士。　　联翩：不断。

(4)《蝶恋花·太湖麦秋》下片：

四季江南颜色好，三两农家、水曲山环绕。野果打头名不晓，**青梅似笑人来早**。

【注释】

太湖：位于浙北、苏南，号称三万六千顷，七十二峰。四周围绕无锡、苏州、湖州三市。　　麦秋：粮食作物多为秋天收获,麦子却是夏天成熟,故称麦熟为麦秋。

(5)《鹧鸪天·窗前菊》下片：

梧叶恨，为飞霜。芭蕉心冷不舒张。杜康自把难成醉，惭愧书生缺锦囊。

【注释】

　　杜康：相传杜康发明酿酒。后作酒的代称。

(6)《鹧鸪天·秋遣》上片：

落叶梧桐似怨秋。柳藏心思正低头。人间多少伤心事，不共长江入海流。

(7)《鹧鸪天·腊八散步江心洲》下片：

兴废事，莫操劳。浔阳又到海门潮。**碧云似作山头恋，围绕青峰不肯飘。**

(8)《踏莎行·枕边》下片：

点点檐花，声声滴漏。烛光暗淡如红豆。**姮娥似解枕边心，悄悄来到三更后。**

【注释】

　　檐花：房檐滴下的雨水。　　滴漏：古代夜间滴水计时器。此喻挂钟嘀嗒声。

(9)《浣溪沙·凝眉》上片：

山自湾来水自隈,夕阳西下乱鸦归。**重重心事柳低眉**。

【注释】

　　末句拟人,同时也是倒装。"重重心事柳低眉"系"柳叶低垂心事重重"的倒装。重重,系叠字。

(10)《如梦令·秋在何处》：

若问秋居何处,秋共菊花小住。衰草藕塘边,**落叶随风低诉**。**低诉,低诉**,都是秋来耽误。

【注释】

　　尾句既拟人又无理。

(11)《行香子·抚琴》：

九尽严冬,岁月匆匆。**桃花腼腆杏花红**。伤高怀远,离思无穷。万里长江,**春草绿**,似情浓。

第四节　排　　比

　　排比,修辞学上辞格之一。用结构相同或相似的词句平行排列。例如：

(1) 唐·刘禹锡《潇湘神》：

斑竹枝,斑竹枝,泪痕点点寄相思。楚客欲听瑶瑟怨,潇湘深夜月明时。

(2) 南宋·辛弃疾《丑奴儿·书博山道中壁》:

少年不识愁滋味,**爱上层楼。爱上层楼**,为赋新词强说愁。　　而今识尽愁滋味,**欲说还休。欲说还休**,却道天凉好个秋。

【注释】

　　爱上层楼:暗用王粲登楼典故。汉末王粲投荆州刺史刘表,长期未得重用,心中不乐,一日偶登麦城(在今湖北当阳东南)城楼,觉得离家日久,前程无望,遂写《登楼赋》,抒发自己怀才不遇及思乡之情。此喻作者少年时即有远大抱负。　　强:勉强。"而今"句:指自己一心想收回中原失土,恢复国家统一的愿望迟迟不能实现。　　欲说还休:想说而不能说,因宋高宗(赵构)害怕收复中原,迎回父(宋徽宗)、兄(宋钦宗),自己失去皇位,故始终反对与金作战,并杀害民族英雄岳飞等人。明说只能给自己带来灾难。　　"却道"句:是"顾左右而言其他"的意思。即避开"敏感"话题,去说些无关紧要的话。

(3) 南宋·醴陵士人《一剪梅》:

宰相巍巍坐庙堂,**说着经量,便要经量**。那个臣僚上一章,**头说经量,尾说经量**。　　轻狂太守在吾邦,**闻说经量,星夜经量**。山东河北久抛荒,**好去经量,胡不经量**。

【注释】

　　南宋理宗景定五年(1264)九月,"贾似道请行经界推排法于诸路,由是江南之地,尺寸皆有税,而民力日竭。"(见《续资治通鉴》)宰相:指南宋奸相贾似道。

(4)《鹧鸪天·秋》下片：

春山簇，恨悠悠。**月圆月缺月如钩**。天涯游子归帆远，倚断栏杆十二楼。

【注释】

春山：喻女子秀眉。　　簇：皱眉头。　　倚断：倚遍。　　十二楼：形容楼房高大，栏杆多而曲折。

(5)《一剪梅·舟行富春江》：

七里滩头台绝高，江水滔滔。秋雨潇潇。赤橙黄绿点青蒿，**山也多娇**。**水也多娇**。　　船压星河影子摇，客里漂漂。梦里朝朝。倚栏裙带锁眉梢，**琴也难调**。**瑟也难调**。

(6)《长相思·夜过子陵台》：

金字牌，银字牌，天子难征八斗才。谁能解得开。　　**思高怀，仰高怀**。愧见先生乘月来。悄悄过钓台。

【注释】

八斗才：南朝宋谢灵运曾言："天下才共一石(dàn)，曹子建独占八斗，我得一斗，天下共分一斗。"此喻严子陵，他曾与刘秀同学，刘秀称帝，请他入朝为官，子陵拒之，隐居富春山耕钓。　　高怀：高尚情怀。

(7)《如梦令·情结》：

曾记长亭轻别，正是百花香歇。春去又春来，难解几多情结。**情结,情结**,化作梦中蝴蝶。

【注释】

梦中蝴蝶:蝶梦。"昔者庄周梦为蝴蝶,栩栩然蝴蝶也,自喻适志与,不知周也。俄然觉,则蘧蘧然周也。不知周之梦为蝴蝶与,蝴蝶之梦为周与。"(见《庄子·齐物论》)后因称梦为蝶梦。蘧蘧(qú),惊动貌。

(8)《采桑子·无聊》下片:

老来莫忆当年事,**行也无聊,坐也无聊**。回首垂杨赠霸桥。

【注释】

霸桥:一作"灞桥",在陕西省西安市长安区东。古人常送客至此,折柳赠别。此处泛指送别。

(9)《临江仙·微凉》上片:

潮落潮生潮水涨,西山欲坠斜阳。归鸦晚噪短松冈。白鸥惊绿渚,紫燕掠澄江。

(10)《一剪梅·无言》:

西子山庄宝塔前,**朝踏柳烟**。**暮踏湖烟**。雨中轻棹采红莲。**花下曾眠**。**月下曾眠**。 物换星移蠡水间,**梦在湖边**。**醒在湖边**。分飞劳燕两茫然。甜也无言。苦也无言。

【注释】

西子山庄:指西施庄,在无锡蠡湖中。相传范蠡曾携西施隐居此处。

(11)《一剪梅·赏菊》:

万朵黄花闹晚秋。百态娇柔,舒放争抽。严霜无奈好含羞。**开遍神州,香遍神州。** 千古骚人例有酬。采菊篱头,饮菊山头。年年重九探清幽。**红也风流,绿也风流。**

【注释】

骚人:诗人。出自屈原《离骚》。 例有酬:早有先例。晋陶潜《饮酒·其五》中有"采菊东篱下,悠然见南山"之句。

(12)《一剪梅·荡口古镇》:

历史人文取次裁。花里亭台,水上楼台。碧波如酒彩舟排,**不是秦淮,胜似秦淮。** 鸳瓦雕梁白玉阶。**华氏门开,钱氏门开。**长廊深巷绝尘埃,**晴也能来,雨也能来。**

【注释】

荡口古镇:在苏州市鹅湖边,现属无锡市。 取次:任意。 裁:剪裁,欣赏。 秦淮:南京秦淮河。 鸳瓦:指鸳鸯瓦。黛色小瓦一俯一仰,成双成对,故称。 华氏:"华太师"华察的旧宅。 钱氏:指钱穆、钱临照、钱伟长等人故居。

(13)《如梦令·秋在何处》：

若问秋居何处，秋共菊花小住。衰草藕塘边，**落叶随风低诉**。**低诉**，**低诉**，都是秋来耽误。

(14)《如梦令·诗稿》：

莫笑召平年老，传说东陵瓜好。问玉食绫罗，**可敌菜根诗稿**？**诗稿**，**诗稿**，留与后人思考。

【注释】

召（shào）平：秦东陵侯。秦亡，他种瓜于长安东门外，传说他的瓜味甜美。

第五节 对　偶

对偶，修辞学上辞格之一，亦称"对仗"。在一联中由两个字数相等、词类相同、词义相反、结构相同或相近、平仄相对的句子构成，其两两相对，如同古代仪仗队，故名。例如：

(1) 唐·白居易《忆江南》：

江南忆，最忆是杭州。**山寺月中寻桂子，郡亭枕上看潮头**。何日更重游。

【注释】

山寺：指杭州天竺寺。　桂子：天竺寺多桂，月夜常有桂子落下。　郡亭：杭州郡守官署内有亭，名"虚白"。　潮头：指农历八月十八日钱塘江大潮。

(2) 南唐·李璟《摊破浣溪沙》下片:

青鸟不传云外信,丁香空结雨中愁。回首绿波三楚暮,接天流。

【注释】

　　青鸟:信使的代称。　　丁香:指丁香花的蓓蕾。　　三楚:一作"三峡"。

(3) 北宋·晏殊《破阵子·春景》:

燕子来时新社,梨花落后清明。池上碧苔三四点,叶底黄鹂一两声。日长飞絮轻。　　巧笑东邻女伴,采香径里逢迎。疑怪昨宵春梦好,元是今朝斗草赢。笑从双脸生。

【注释】

　　新社:社日刚到。社是古代祭祀土地神的日子,分春秋两次。此指春社,立春后第五个戊日。适当春分前后。　　日长:白昼转长。　　巧笑:美好的笑容。　　香:一作"桑"。　　逢迎:相遇。　　怪:猜。　　斗草:也称"斗百草",是古代女子的一种游戏。双方以所采花草的高低、种类的多少及韧性等相较量,或以所采花草的名称相应对,如狗耳草对鸡冠花等。　　元:同"原"。

(4)《鹧鸪天·南京秋兴》上片:

瑟瑟寒风卷去秋。芙蓉花放未曾收。红枫山上千株艳,黄菊林间万朵幽。

【注释】

芙蓉：此指木芙蓉，俗称"芙蓉花"，落叶灌木，秋季开花，朵大而艳丽。

(5)《巫山一段云·登南京栖霞山》：

潮涨三江口，烟迷八卦洲。紫枫红叶报深秋。滩渚落沙鸥。　月笼金陵树，灯明钟鼓楼。满江渔火带星流。去住两无由。

【注释】

三江口：此指小河入江处。　八卦洲：在南京市北长江中。

(6)《浣溪沙·莫深究》下片：

关外寒风催塞雁，江中潮水漾沙鸥。满怀思绪莫深究。

【注释】

塞雁：北雁。

(7)《鹧鸪天·旧梦无踪》：

几缕残霞尚未收，落潮归去带沙流。鸦栖古树临荒渡，雁宿芦花近渚头。　鸥鸟散，竹林幽。一轮明月照江洲。少年旧梦无寻处，隐隐青山楼外楼。

(8)《浣溪沙·清早江林》下片：

落叶有声人寂寂，寒梅无语水茫茫。鸬鹚候我立江旁。

(9)《忆江南·江心洲上度重阳》：

清秋节，枫叶似红霞。**万态千姿黄菊蕊，一洲三亩白芦花。**江水碧如茶。

【注释】
　　江心洲：在南京市西长江中，洲上盛产葡萄。

(10)《浣溪沙·过桐庐山村》下片：

几亩水塘生碧藕，一山少女采红茶。桥头老妪卖甜瓜。

(11)《望江南·本意》上片：

青山好，烟柳暗平沙。**千里澄江铺白练，几村新火煮红茶。**行处鸟喧哗。

(12)《临江仙·微凉》：

潮落潮生潮水涨，西山欲坠斜阳。归鸦晚噪短松冈。**白鸥惊绿渚，紫燕掠澄江。**　紧锁芭蕉无处诉，哪堪郁结丁香。残云败雨送微凉。**文园伤病酒，花蕊泣明妆。**

【注释】
　　文园：司马相如曾为文园令，患有消渴（糖尿）病。　花蕊：花蕊夫人，后蜀主孟昶的妃子，姓徐，能文，曾效唐代王建作宫词百首。蜀亡入宋宫，宋太祖曾召之赋诗，有"十四万人齐解甲，更无一个是男儿"之句。此处皆为借指。

(13)《浣溪沙·小山村》下片：

一曲风吹张绪柳，半坡竹隐杜鹃花。绿茶红袖衬朝霞。

【注释】

张绪柳：指蜀柳（垂柳）。张绪，南朝齐吴郡人，美风姿，清简寡欲，口不言利，官至太常卿。齐武帝植蜀柳于灵和殿前，常赞叹说："此杨柳风流可爱，似张绪当年时。"（见《南齐书·张绪传》）

(14)《鹧鸪天·行雨》：

十里江湾带浅沙，两行白鹭去天涯。**风吹蜀柳瓜洲渡，雨打钟山宰相家。** 思往事，负年华。是非成败一杯茶。劝君莫笑潘郎鬓，且向园中看落花。

【注释】

瓜洲渡：渡口名。在扬州市南，与镇江隔江相对，为古代长江重要渡口。瓜洲，一作"瓜州"。本为江中沙洲，沙渐长，状如瓜字，故名。　宰相：北宋宰相王安石，罢相后退居南京钟山。　潘郎鬓：潘鬓，鬓发花白。潘郎，指西晋潘岳，字安仁。

(15)《临江仙·风雨》：

雨洒红蕉点点，风吹翠柳条条。江东愁倚木兰桡。**枕边花溅泪，心上海生潮。** 惆怅佳期又误，闲将诗句推敲。行云几缕过亭皋。**春随飞絮老，魂逐落英飘。**

【注释】

桡：船桨。　飞絮：柳绵。　落英：落花。

第六节 叠　字

　　叠字,修辞学上辞格之一,亦称"重言"。为了强调某种感情,将同一个字重叠在一起,使形式整齐、语音和谐,并增强形象感。例如:

(1) 南宋·李清照《声声慢》:

寻寻觅觅,冷冷清清,凄凄惨惨戚戚。乍暖还寒时候,最难将息。三杯两盏淡酒,怎敌他晓来风急?雁过也,正伤心,却是旧时相识。　满地黄花堆积,憔悴损,如今有谁堪摘?守著窗儿独自,怎生得黑!梧桐更兼细雨,**到黄昏**、**点点滴滴**。这次第,怎一个愁字了得!

【注释】

　　戚戚:忧愁的样子。　乍暖还寒:指深秋天气变化无常。将息:保养,调养。　黄花:指菊花。　堪:一作"忺"。　怎生:怎样。生,语助词。　得黑:熬到天黑。　次第:光景,情况。　了得:概括得了。

(2) 南宋·唐婉《钗头凤》:

世情薄,人情恶,雨送黄昏花易落。晓风干,泪痕残。欲笺心事,独语斜阑。**难,难,难!**　人成各,今非昨。病魂常似秋千索。角声寒,夜阑珊。怕人寻问,咽泪装欢。**瞒,瞒,瞒!**

(3) 清·贺双卿《凤凰台上忆吹箫》：

寸寸微云，丝丝残照，有无明灭难消。正断魂魂断，**闪闪摇摇**。**望望**山山水水，人去去、隐隐迢迢。从今后，**酸酸楚楚**，只似今宵。　　春遥。问天不应，看小小双卿，**袅袅无聊**。更见谁谁见，谁痛花娇。谁望欢欢喜喜，偷素粉、**写写描描**。谁还管，**生生世世，夜夜朝朝**。

【注释】

贺双卿：江苏丹阳人。生性聪慧，极富才思。年十八嫁金坛（今属江苏）樵家子周某，夫暴姑（婆）恶，常受虐待，劳瘁而死。这首词为赠别友人韩西而作。邻女韩西见双卿体弱多病，常受夫家虐待，每表同情。后新嫁归来，欲回夫家，父母钱之。韩西请双卿赴宴，双卿疟疾病发，不能前往，韩西亦不吃，遂分取食物，亲自送给双卿。双卿深为感动，见友人欲别，自身又日见虚弱，悲观欲绝，遂填该词，赠别韩西。　　残照：残阳。　　明灭：指片云掠过夕阳，天空时明时暗。　　难消：太阳尚未完全落山。　　断魂魂断：形容疟疾发作，身上恶寒恶热，头脑昏昏沉沉，感觉灵魂若即若离。　　闪闪摇摇：病体虚弱，摇摇晃晃，站立不定的样子。　　山山水水：指韩西将要回夫家去的道路。　　人：指友人韩西。　　隐隐迢迢：隐约遥远。　　春遥：美好的春天太遥远了，自己恐怕等不到了。这次分离，可能是永别。　　小小：年轻。　　袅袅：纤细柔弱的样子。　　无聊：无望，没有希望。　　花娇：作者自指。　　"谁望""偷素"二句：谁还敢希望重新过那少女时代偷着画眉傅粉、欢欢喜喜的生活呢！素粉，搽脸之粉。写，画。描，描眉。

(4)《长相思·千里情》:

山盈盈,水盈盈。五里湖边夜不宁。鹧鸪劝阻行。**恨卿卿,怨卿卿**。恨到杨花浮作萍。月明千里情。

【注释】

　　山盈盈:山色青翠美好的样子。　　水盈盈:水面清澈貌。五里湖:湖名,即太湖中的蠡湖。　　劝阻:鹧鸪的叫声似"行不得也哥哥"。　　卿卿:男女间的昵称。　　杨花:柳绵。相传浮萍是柳絮落水化成。

(5)《一剪梅·舟行富春江》:

七里滩头台绝高,**江水滔滔,秋雨萧萧**。赤橙黄绿点青蒿,山也多娇,水也多娇。　　船压星河影子摇,**客里漂漂,梦里朝朝**。倚栏裙带锁眉梢,琴也难调,瑟也难调。

(6)《浣溪沙·过桐庐山村》上片:

曲曲溪流处处花,零零落落野人家。庭前屋后种桑麻。

【注释】

　　桐庐:县名。在浙江省西部,富春江上游。　　野:指山村。

(7)《踏莎行·枕边》下片:

点点檐花,声声滴漏。烛光暗淡如红豆。姮娥似解枕边心,**悄悄来到三更后**。

诗词与修辞

(8)《浣溪沙·投宿》下片：

曲曲水流萦楚庙，迢迢路险问山家。粗茶一碗话桑麻。

【注释】

　　萦：环绕。　　迢迢：遥远的样子。　　桑麻：泛称农作物，此指收成如何。

(9)《捣练子·独坐长江边》：

凉夜静，大江空。水浅沙明月似弓。林叶萧萧人寂寂，几声凄叫是孤鸿。

(10)《浪淘沙令·愚人多闲》：

愚拙自多闲，早晚江边。朝迎霜露暮迎烟。鸥鹭有缘情未了，相见天天。　　碧草软绵绵，白鹤翩翩。沙洲芦渚水相连。小鸟偏知人已老，不到跟前。

(11)《采桑子·秋日小雨》下片：

萧条万物西风劲，竹自修修。人自悠悠。别是桃源一段愁。

【注释】

　　西风：秋风。　　修修：风吹竹声。　　悠悠：忧思，沉思。桃源：指桃源洞。在浙江省天台县西天台山中，传为东汉刘晨、阮肇遇仙处。

(12)《鹧鸪天·重九望山》下片：

云渺渺，路茫茫。望中楼阁雾中藏。刘郎去后添惆怅，一阵清风送夕阳。

【注释】

刘郎：指刘晨采药遇仙。此为借代。

第七节 叠 句

为了加强语势，强调某种感情，有意重复某个词语或句子，让词句显得铿锵有力，回环起伏，使读者获得深刻的印象。这种修辞手法称"叠句"，亦称"反复"或"复迭"。例如：

(1) 唐·李白《忆秦娥》：

箫声咽，**秦娥梦断秦楼月。秦楼月**，年年柳色，灞陵伤别。　乐游原上清秋节，**咸阳古道音尘绝。音尘绝**，西风残照，汉家陵阙。

【注释】

咽：呜咽。此指箫声凄凉悲切。　秦娥：泛指秦地女子，唐都长安(今陕西西安)古属秦国。　灞陵：汉文帝的坟墓。灞陵附近有灞桥，为古人折柳送别之处。　乐游原：在长安东南，古为游览胜地。　清秋节：指重阳节。　音尘：音信。　阙(què)：古代帝王墓前的一种建筑物，形似皇宫两边的门楼。末尾二句，以汉喻唐，谓唐朝已走向没落。

诗词与修辞

(2) 唐·韩翃《章台柳》：

章台柳，章台柳，往日青青今在否。纵使长条似旧垂，亦应攀折他人手。

(3) 唐·戴叔伦《转应曲》：

边草，边草，边草尽来兵老。山南山北雪晴，千里万里月明。**明月，明月**，胡笳一声愁绝。

(4) 南宋·辛弃疾《丑奴儿·书博山道中壁》：

少年不识愁滋味，**爱上层楼。爱上层楼**，为赋新词强说愁。 而今识尽愁滋味，**欲说还休。欲说还休**，却道天凉好个秋。

(5)《如梦令·雨后桂花满地》：

风雨无情人恼，摧得桂花衰早。惆怅惜芳魂，**依旧余香萦绕。萦绕，萦绕**，满地落英休扫。

【注释】
　　芳魂：花片。　　萦绕：缠绕。　　落英：落花。

(6)《如梦令·秋在何处》：

若问秋居何处，秋共菊花小住。衰草藕塘边，**落叶随风低诉。低诉，低诉**，都是秋来耽误。

(7)《如梦令·诗稿》：

莫笑召平年老，传说东陵瓜好。问玉食绫罗，**可敌菜根诗稿**？**诗稿**，**诗稿**，留与后人思考。

(8)《如梦令·厦门大学观海》：

大浪淘沙地动，满眼落红烟重。百鸟一时鸣，**胜似梅花三弄**。**三弄**，**三弄**，碧海蓝天长共。

【注释】

　　梅花：梅花落，汉代横吹曲名。本笛中曲，后为乐府歌词。此喻鸟鸣。　　三弄：谓鸟声悦耳，争鸣不止。乐奏一遍或乐之一曲称弄。

(9)《采桑子·无锡蠡湖风光》

山明水秀风光带，**远胜钱塘**。**远胜钱塘**。万草千花百里长。　碧波荡漾连台榭，**四季飘香**。**四季飘香**。红绕梯阶绿绕廊。

【注释】

　　钱塘：钱塘湖，即杭州西湖。　　百里：无锡蠡湖风景带全长七十二里。此取整数。

(10)《忆秦娥·轻别》：

人如削，**杨花乱搅山重叠**。**山重叠**。秦楼万里，灞桥轻别。　闺窗且向问明月，**天涯何故音尘绝**。**音尘绝**。潇潇帘雨，几番圆缺。

诗词与修辞

(11)《如梦令·泡影》:

暮想朝思红顶,玉马金堂远景。富贵万千秋,**化作黄粱泡影**。**泡影**,**泡影**,几个临危自省?

【注释】

红顶:大红顶子,清朝官品以帽上顶珠色质为别,官品最高者顶珠为红宝石。此喻高官。　玉马金堂:玉饰马,金饰堂。远景:世代相传,子孙永远。

(12)《忆秦娥·春登纪山》:

楚城东,**汉江曲曲水溶溶**。**水溶溶**。阳台梦觉,云雨无踪。　旧游还记洞庭中,**沉鱼羞得桃花红**。**桃花红**。凌波人去,拜月楼空。

【注释】

纪山:山名。在湖北省江陵县城北五公里处。　楚城:在纪山南,又称纪郢,是春秋战国时期楚国的都城。自楚文王元年(前689)"始都郢",至楚顷襄王二十一年(前278)秦将白起拔郢(攻破郢都),历20代计400余年。现有纪南故城遗址。　汉江:亦称"汉水",源于陕西省,流至湖北省武汉市入长江。　溶溶:水面深广的样子。　阳台:传说中台名,神自言之。　洞庭:湖名。在湖南省北部,湖中有洞庭山。

(13)《忆秦娥·西江》:

风吹歇,**澄波倒映西江月**。**西江月**。潮生潮涨,时圆时缺。　残阳一抹红如血,**流星一道长空掠**。**长空掠**。迢迢银汉,有人愁绝。

【注释】

西江：指长江。南京西长江呈南北流向。　　歇：停止。

第八节　叠　韵

词中的叠韵辞格，既不同于传统的"双声叠韵"中的"叠韵"，更不同于赋诗重用前韵的"叠韵"。词中叠韵不但要求韵母相同，而且是同一个字、同一个声调，相邻两句的尾字必须在词中的韵脚位置。词中叠韵有的是词调本身规定的，如长相思、如梦令等。有的是作者为了抒情或加深读者印象，提高意境，使语句结构紧凑，流畅和谐，突出词旨而采用的一种修辞手法。凡是叠字、叠句，其尾字若系韵脚，一定包含叠韵。多是无意形成，而非有意为之。但叠韵中却不一定包含叠字或叠句。例如：

(1) 南宋·杨金判《一剪梅》：

襄樊四载弄干戈，**不见渔歌，不见樵歌**。试问如今事若何？**金也消磨，谷也消磨**。　　柘枝不用舞婆娑，**丑也能多，恶也能多**。朱门日日买朱娥。**军事如何？民事如何**？

【注释】

杨金判：金判，官名。金，同"签"。是"签书判官厅公事"的简称。南宋度宗时人。　　襄樊：襄阳、樊城，今湖北省襄阳市。　　弄：发生。　　干戈：战争。　　事若何：指战争的情况如何。南宋咸淳四年(1268)九月，元兵围攻襄阳与樊城。咸淳九年(1273)正月，樊城破；二月，襄阳守将出降。　　金、谷：钱粮。　　消磨：消耗。　　柘枝：舞曲名。　　婆娑：形容跳舞时旋转的姿态。

能多：真多。 "朱门"以下三句：指南宋奸臣当道，沉溺酒色，荒于战事，即将导致国破家亡。朱门，富贵人家。朱娥，美女。

(2) 南宋·醴陵士人《一剪梅》：

宰相巍巍坐庙堂，**说着经量，便要经量**。那个臣僚上一章，**头说经量，尾说经量**。 轻狂太守在吾邦，**闻说经量，星夜经量**。山东河北久抛荒，**好去经量，胡不经量**。

(3)《一剪梅·赏菊》：

万朵黄花闹晚秋。百态娇柔，舒放争抽。严霜无奈好含羞。**开遍神州，香遍神州**。 千古骚人例有酬。采菊篱头，饮菊山头。年年重九探清幽。**红也风流，绿也风流**。

(4)《一剪梅·荡口古镇》：

历史人文取次裁。**花里亭台，水上楼台**。碧波如酒彩舟排，**不是秦淮，胜似秦淮**。 鸳瓦雕梁白玉阶。**华氏门开，钱氏门开**。长廊深巷绝尘埃，**晴也能来，雨也能来**。

(5)《长相思·梦见》

吴山青，越山青。山外青山管送迎。溪流结伴行。 **雨中灯，雪中灯**。水上桃花梦不成。醒来白发生。

【注释】

水上桃花：指《桃花源记》中的世外桃源。

(6)《画堂春·中秋赏月出现月全食》上片：

楼台赏月度秋宵，秋宵更胜春宵。吴刚斫木酿新醪，气爽天高。

【注释】

吴刚：传说汉西河（今河南浚县、滑县一带）人。学仙有过，罚斫(zhuó)月中桂树。桂树高五百尺，斧子砍下去，斧痕随砍随合，吴刚只好无休止地砍下去。（见唐段成式《酉阳杂俎·天咫》）斫，砍。　醪(láo)：酒。相传吴刚伐桂是为了酿桂花酒。

(7)《长相思·夜过子陵台》：

金字牌，银字牌，天子难征八斗才。谁能解得开。　思高怀，仰高怀。愧见先生乘月来。悄悄过钓台。

(8)《采桑子·无聊》下片：

老来莫忆当年事，行也无聊，坐也无聊。回首垂杨赠霸桥。

第九节　设　问

设问，修辞学上辞格之一。故意提出问题，然后自己回答。例如：

诗词与修辞

(1) 南唐·冯延巳《鹊踏枝》上片：

谁道闲情抛弃久？每到春来，惆怅还依旧。日日花前常病酒，不辞镜里朱颜瘦。

【注释】

　　病酒：醉酒。

(2) 南宋·辛弃疾《南乡子·登京口北固亭有怀》上片：

何处望神州？满眼风光北固楼。千古兴亡多少事，悠悠。不尽长江滚滚流。

(3) 南宋·杨金判《一剪梅》上片：

襄樊四载弄干戈，不见渔歌，不见樵歌。**试问如今事若何？金也消磨，谷也消磨。**

(4)《如梦令·诗稿》：

莫笑召平年老，传说东陵瓜好。**问玉食绫罗，可敌菜根诗稿？**诗稿，诗稿，留与后人思考。

(5)《临江仙·蹉跎》上片：

潘鬓沈腰愁病酒，平生岁月蹉跎。**书空咄咄奈如何？**独裁如猛虎，少壮尽消磨。

【注释】

　　潘鬓：鬓发花白。系典故。潘，指西晋潘岳。此处借以自喻。
沈腰：因病瘦损之腰。系典故。沈，指南朝宋沈约，亦为借指。

书空：《世说新语·黜免》载，东晋殷浩被桓温罢免，一天到晚用手在空中书写"咄咄怪事"四字。

(6)《如梦令·采藕》：

桃叶渡前杨柳，十里秦淮如酒。雨洒夹江时，白鹭洲前采藕。**知否？知否？** 往事不堪回首。

第十节 反 诘

反诘，修辞学上辞格之一，又称"反问"。用疑问形式表达确定的意思，只问不答。常以肯定表示否定，以否定表示肯定。例如：

(1) 唐·白居易《忆江南》：

江南好，风景旧曾谙。日出江花红胜火，春来江水绿如蓝。**能不忆江南？**

【注释】

"能不忆江南？"以否定表示肯定，即不能不忆江南。

(2) 北宋·晏殊《浣溪沙》上片：

一曲新词酒一杯，去年天气旧亭台。**夕阳西下几时回？**

【注释】

夕阳：比喻韶光已逝，青春不再。

"夕阳"句，以肯定表示否定，意为不会回来了，光阴不会倒流。

(3) 清·曹雪芹《临江仙》上片：

白玉堂前春解舞，东风卷得均匀。蜂团蝶阵乱纷纷。**几曾随逝水？岂必委芳尘？**

【按语】

　　该词系作者在《红楼梦》中托薛宝钗之口，自比柳絮，为宝钗自我写照，抒发其高洁情操及凌云壮志。

【注释】

　　白玉堂：富丽豪华的厅堂。　解：懂得。　"几曾"句：什么时候曾随水流去？　"岂必"句：又何必坠落在散发清香的尘土上？委，委身于，依附。

　　末尾二句均以否定表示肯定：未随逝水，也未依附芳尘。而是"上青云"去了。

(4) 清·秋瑾《满江红》下片：

身不得，男儿列。心却比，男儿烈。算平生肝胆，因人常热。俗子胸襟谁识我？英雄末路当磨折。莽红尘、**何处觅知音？青衫湿。**

【注释】

　　列：队列。　烈：刚烈。　人：人民，爱国人士。　热：热血沸腾。　俗子：泛指封建势力及患得患失之人。　末路：不顺利时。　磨折：遭受磨难和挫折。　莽：莽莽，长远无际的样子。　红尘：人世间。　青衫：原为低级官服，此指普通衣衫。　湿：被泪水沾湿。

　　"俗子""何处"二句，均以否定表示肯定：无人识（理解）我，无处觅知音。

(5)《鹧鸪天·秋遣》下片:

成与败,几时休。漫言白发尽缘忧。**湖中试问鸥和鹭,难道全身都是愁?**

【注释】

漫言:随意说。　缘:因为。

末句以肯定表示否定。意为白鸥、白鹭不是愁白的,人的白发亦非忧愁所致。

(6)《浪淘沙令·风中太湖》上片:

似海太湖中,白浪连空。曾经淘尽几英雄。**极目江南何处是,越殿吴宫?**

【注释】

末尾二句以肯定表示否定。意为越殿吴宫都已灰飞烟灭,无处可寻。

(7)《浪淘沙令·客寓何方》下片:

明月白如霜,人自心伤。栏杆十二忆河梁。**试问江东南去客,今夜何方?**

【注释】

河梁:桥梁。《文选》载汉代李陵赠苏武诗之三:"携手上河梁,游子暮何之?"后世用作送别之地的代称。　江东:"江东"之称始自项羽,原指金陵(南京)至苏州,乃项羽起兵处。后来泛称江南。

今夜何方? 不知何方。用疑问表达确定。

(8)《如梦令·泡影》：

暮想朝思红顶，玉马金堂远景。富贵万千秋，化作黄粱泡影。**泡影，泡影，几个临危自省？**

【注释】

末句以肯定表示否定，即无人自省。

(9)《卜算子·长江口》下片：

月上小山头，人立长江口。**白鹭翻飞不肯栖，试问君知否？**

【注释】

白鹭翻飞不肯栖：借喻心绪不宁，难以成眠。

用疑问表示确定。知否？意为不知。

第十一节 借 代

借代，修辞学上辞格之一。不直接说出所要表达的人或事物，而是借用与它有密切相关的人或事物来代替。常用特征代事物、具体代抽象、部分代全体、整体代部分、专名代泛称。借代能起到突出事物的本质特征，增强语言的形象性，使文笔简洁精炼，语言富于变化的作用；收到形象突出、特点鲜明、具体生动的效果。例如：

(1)南宋·李清照《凤凰台上忆吹箫》下片：

休休。这回去也，千万遍《阳关》，也则难留。念**武陵人远，烟锁秦楼**。惟有楼前流水，应念我、终日凝眸。

凝眸处，从今又添，一段新愁。

【注释】

　　武陵人：本指《桃花源记》中的武陵渔人，此指丈夫赵明诚。烟锁秦楼：烟，一作"云"。秦，一作"重"。秦楼，本指秦穆公之女弄玉和萧史婚后所住的凤台，此指作者与丈夫赵明诚婚后居所。

　　此处系用特征代替事物。

(2) 南宋·陆游《钗头凤》上片：

红酥手，黄縢酒，满城春色宫墙柳。**东风恶，欢情薄**。一怀愁绪，几多离索。错。错。错。

【注释】

　　红酥手：形容皮肤滋润细腻。此指前妻唐婉。　黄縢酒：黄封酒。当时官酿的酒以黄纸封口。縢，缄封。开头三句为追忆昔日夫妻同饮，共赏春色。　东风：此指陆母。　恶：逼迫。陆游母亲逼陆游休妻（唐婉）。　欢情薄：指唐婉被休回娘家。多：一作"年"。　离索：离群索居省称。索居，散处，独居。

　　"红酥手"，是用部分代整体。

(3) 南宋·辛弃疾《临江仙》上片：

钟鼎山林都是梦，人间宠辱休惊。只消闲处过平生。**酒杯秋吸露，诗句夜裁冰**。

【注释】

　　钟鼎：古代对铜器的总称，上面铭刻文字，或记事，或表彰功德。此指收复失地，建功立业。　山林：此喻隐居。　"钟鼎""山林"，分别用特征代替事物，具体代替抽象。

(4) 明·杨慎《临江仙》上片：

楚塞巴山横渡口，行人莫上江楼。**征骖去棹两悠悠**。相看临远水，独自上孤舟。

【注释】

　　征骖：指乘车送行的妻子。骖（cān），驾在车前两侧的马。去棹：为作者自指。棹，代称船。作者去往云南戍所须乘船经长江西上。

　　作者系明朝状元，乃一代才子。因直谏忤旨，被充军云南永昌（今保山）三十多年，卒于戍所。该词系作者告别送行的妻子前往戍所情景。

　　"征骖""去棹"，均以特征代事物。

(5) 五代·牛希济《生查子》下片：

语已多，情未了。回首犹重道：记得绿罗裙，处处怜芳草。

【注释】

　　"绿罗裙""芳草"：均借指词中女子。　　怜：爱，思念。

　　末尾两句意为：我以后看到芳草，便会想起身穿绿罗裙的你。以特征代事物。芳草，即花草。

(6)《浣溪沙·闺夜思》：

惆怅春催豆蔻梢，莺飞蝶散可怜宵。**长眉日久未曾描**。　二十四桥何处是，**芳心总系沈郎腰**。前年送别杏花飘。

【注释】

豆蔻梢：喻少女之美。　　莺飞蝶散可怜宵：美好的春天已经过去。　　长眉：借指闺中女子。　　二十四桥：此为借指。沈郎腰：指"沈腰"，典故，因病瘦损之腰，借指该女所思的男子。"长眉""芳心""沈郎腰"，均以部分代整体。

(7)《浪淘沙令·独步》下片：

潘鬓为谁凋，豆蔻眉梢。花开花落锁阿娇。柳絮随波春意远，云梦迢迢。

【注释】

潘鬓：指头发花白。"余春秋三十有二，始见二毛。"（见潘岳《秋兴赋·序》）　　豆蔻：豆蔻花。诗词中常喻少女之美。　　阿娇：汉武帝皇后，失宠后退居长门宫。　　云梦：云梦泽。在湖北荆州市北，借指。　　迢迢：遥远的样子。

"潘鬓""豆蔻""阿娇"，均以特征代替事物。

(8)《临江仙·阅赵亚娟〈鹧鸪天·湖边漫遣〉》

翠袖传来长短句，开笺细阅从头。余音袅袅水温柔。误疑清照字，唐婉旧银钩。　　莫道须眉无敌手，花间诸子都羞。一枝独秀十三州。江郎才已尽，谢女笑曹刘。

【注释】

翠袖：同"红袖"。因古代女子的衣裙，多为红色和绿色。后世常作女子之代称。　　长短句：词的别名。　　清照字：指李清照的俊逸词作。　　唐婉旧银钩：指陆游前妻唐婉《钗头凤·世情薄》之婉约。　　花间：指《花间集》。五代后蜀赵崇祚编。收录晚唐五代

> 诗词与修辞

18家词共500首。　　十三州：全中国。汉武帝将全国分置为十三州：并、冀、幽、兖、青、徐、扬、荆、豫、益、凉、交趾、朔方。　　江郎：江淹。历仕南朝宋、齐、梁三代，以文章见称于世，晚年才思衰退，诗文无佳句，时人谓之"江郎才尽"。　　谢女：指东晋才女谢道韫。时人称她咏絮才。　　曹刘：曹操与刘备。世人谓之英雄。曹操青梅煮酒，曾对刘备曰："天下英雄，惟使君与操耳。"

此处以衣裙颜色代替女子，以须眉代替男子，均以特征代替具体事物。

借代与借喻的区别：

一、看本体和客体之间是否有相似性，有相似性的为借喻，否则不是借喻。借代的本体和客体之间有相关性，借代就是借用和本体相关的事物来指代这个本体。不妨还以杨慎《临江仙》上片与牛希济《生查子》下片为例：

(1) 明·杨慎《临江仙》上片：

楚塞巴山横渡口，行人莫上江楼。**征骖去棹两悠悠**。相看临远水，独自上孤舟。

"征骖""去棹"是借喻还是借代？征骖：指乘车送行的妻子。骖：驾在车前两侧的马。去棹：为作者自指。棹：代称船。作者去往云南戍所须乘船经长江西上。"征骖"与妻子毫无相似之处，"去棹"与作者同样无相似之处。既无相似之处，就不是借喻，而是借代。因"征骖"与妻子、"去棹"与作者各有相关之处。

二、看能否转换成明喻，能转换成明喻的为借喻，不能转换成明喻的是借代。

"征骖"是喻体,妻是本体,若转成明喻则成:妻子像征骖,明显不通。同样,"去棹"是喻体,作者是本体,转成明喻则成:作者似去棹,也不通。所以"征骖""去棹"均为借代。

(2) 五代·牛希济《生查子》下片:

语已多,情未了。回首犹重道:**记得绿罗裙,处处怜芳草。**

"绿罗裙""芳草"均指词中女子。而"绿罗裙""芳草"与人(词中女子)并无相似之处,但有相关之处。因此,"绿罗裙"与"芳草"系借代。

第十二节 联 想

联想,修辞学上辞格之一。由一种事物而联想到另一种事物。是现实事物之间的某种联系所引起的反映。例如:

(1) 唐·韩翃《章台柳》:

章台柳,章台柳,往日青青今在否。**纵使长条似旧垂,亦应攀折他人手。**

【注释】

柳:此指作者宠姬柳氏。
纵使长条似旧垂,亦应攀折他人手:作者看到章台柳而联想到爱姬柳氏。想象柳氏即使还像以前一样美丽,恐怕已落他人之手。

(2) 南唐·李煜《浪淘沙》下片：

金锁已沉埋，壮气蒿莱。晚凉天净月华开。**想得玉楼瑶殿影，空照秦淮。**

【注释】

金锁：指铁锁链，三国吴主孙皓曾在今湖北大冶以铁链横锁长江，阻止西晋水军，结果败降。此喻亡国被俘。作者身为南唐君主，北宋攻破南唐都城金陵（今南京），俘虏作者到北宋都城汴梁（今河南开封），幽禁于小院中。　壮气：指王气。　蒿莱：野草。　月华：月光。　玉楼、瑶殿：均指南唐宫殿。秦淮：南京秦淮河。

想得玉楼瑶殿影，空照秦淮：作者幽居小院，度日如年。当他看到明亮的月光时，自然联想到自己的金陵宫殿，此时在月光映照下显得空虚寂静。

(3) 北宋·贺铸《捣练子·剪征袍》：

抛练杵，傍窗纱，巧剪征袍斗出花。**想见陇头长戍客，授衣时节也思家。**

【注释】

剪：剪裁缝制衣服。　征袍：戍守边疆的军人之衣。　抛练杵：指做衣布料洗好了。　傍窗纱：在窗下缝制衣服。　斗出花：指爆出灯花。预示将有喜讯到来。　陇头：陇，陇山，在今陕西陇县至甘肃平凉一带。此处泛指征人长期从军戍守之地。客：指征人。　授衣：收到衣服时。古代军人衣服皆为自家供给。

联想到征人收到家中寄给的衣服时，不禁睹物思人，征人一定会更加思念家中亲人。这种联想既自然又客观。

(4)《浣溪沙·春阑》：

落尽梨花春事阑，杜鹃啼血五更寒。潇潇风雨牡丹残。　　举目江东家万里，迢迢山水白云闲。**柳腰倚断玉栏杆。**

【注释】

春阑：春暮，春末。阑，快结束了。　　春事：春天。

离家日久，归期临近，联想到妻子一定在倚栏盼望。

(5)《卜算子·答妻》下片：

未勒窦功山，何况庭花好。**料得中秋玉兔圆，月下金尊倒。**

【注释】

未勒：未刻。此指事业尚未成功。　　窦功山：指燕然山，即蒙古国杭爱山。东汉永元元年（89），窦宪大败北单于，登燕然山勒（刻）石记功（见《后汉书·窦宪传》）。此处比喻所追求的奋斗目标。　　玉兔：代称月亮。传说月中有玉兔捣药。　　金尊倒：指团聚畅饮。尊，酒杯。倒，醉倒。

想到中秋回家团聚时，定会一醉方休。

第十三节　顶　　真

顶真，修辞学上辞格之一。用前文的末尾作后文的开头，首尾蝉联。例如：人不犯我，我不犯人。人若犯我，我必犯人。

诗词与修辞

(1) 唐·无名氏《浣溪沙》下片:

满眼风波多闪灼,看山恰似走来迎。**子细看山山不动,是船行**。

【按语】

"浣溪沙"系作者误标,应为"摊破浣溪沙"。本词选自敦煌曲子词。清光绪二十五年(1899),在甘肃敦煌莫高窟(千佛洞)石室里,发现大量唐、五代人手写卷子。其中有词一百六十余首,创作时间约在唐玄宗开元年间(713—741),多为民间作品。

【注释】

  闪灼:闪烁。此指阳光照在水面随波跳跃的样子。 子细:仔细。子,同"仔"。

(2) 南宋·辛弃疾《鹧鸪天》上片:

欲上高楼去避愁,愁还随我上高楼。经行几处江山改,多少亲朋尽白头。

【注释】

  经行:佛教徒因养身散除郁闷,旋回往返于一定之地叫经行。江山改:指沦陷地区。

(3) 清·贺双卿《凤凰台上忆吹箫》:

寸寸微云,丝丝残照,有无明灭难消。**正断魂魂断**,闪闪摇摇。望望山山水水,人去去、隐隐迢迢。从今后,酸酸楚楚,只似今宵。 春遥。问天不应,看小小双卿，袅袅无聊。**更见谁谁见**，谁痛花娇。谁望欢欢喜喜，偷素粉、写写描描。谁还管，生生世世，夜夜朝朝。

(4)《浣溪沙·骊山》：

隐隐骊山山外山，渔阳鼙鼓下长安。香妃一去不回还。　从此羽衣无曲步，铃传骆谷雨潺潺。明皇夜夜枕衾寒。

【注释】

骊山：在陕西省临潼区，山下建有华清池，为唐玄宗与杨贵妃游玩沐浴处。　渔阳：唐代郡名，治今天津市蓟州区。为安禄山叛军大本营。　曲步：踏着乐曲的舞步。　羽衣：杨玉环善为霓裳羽衣舞。　香妃：相传杨贵妃身上会散发出一种自然体香，故称她为香妃。安史叛乱，唐明皇入川，途中发生兵谏，杨贵妃被迫自缢于马嵬坡。　骆谷："《雨霖铃》者，因唐明皇驾回至骆谷，闻雨淋銮铃，因令张野狐撰为曲名。"（见唐代段安节《乐府杂录》）以此纪念杨贵妃。　衾(qīn)：被子。

(5)《浣溪沙·洛水》下片：

春色已浓浓似酒，关山阻水水重重。闲情自对月流空。

(6)《长相思·中秋节后》：

去年秋，今年秋，秋去秋来雪满头。光阴似水流。　月如球，月如钩，月缺月圆不自由。沧桑无止休。

诗词与修辞

第十四节 示 现

示现，修辞学上辞格之一。就是把实际不见不闻的事物，说得如见如闻，活灵活现，让读者加深印象。可分两种，一种凭主观想象，如天上玉皇、海底龙王、月中嫦娥、地下阎罗等。一种依据生活经验，如宋周邦彦《苏幕遮》下片："故乡遥，何日去。家住吴门，久作长安旅。**五月渔郎相忆否，小楫轻舟，梦入芙蓉浦。**"又如：

(1) 唐·皇甫松《梦江南》：

兰烬落，屏上暗红蕉。**闲梦江南梅熟日，夜船吹笛雨潇潇。人语驿边桥。**

【注释】

兰烬：古人以兰草煎油点灯，故称灯花为兰烬。烬，即灯花。"屏上"句：乃"屏上红蕉暗"的倒装。红蕉，指屏风上的美人蕉图案。　潇潇：雨声。　驿：驿站，路边客栈。

此乃梦中情景，凭往日的生活经验示现。

(2) 南唐·李煜《望江南》下片：

闲梦远，南国正清秋。**千里江山寒色远，芦花深处泊孤舟。笛在月明楼。**

【注释】

南国：指南唐都城金陵（今江苏南京）。北宋灭南唐，俘作者到汴京（今河南开封），幽禁于小院。

作者依据往日的生活经验示现。

(3) 北宋·苏轼《水调歌头》上片：

明月几时有，把酒问青天。**不知天上宫阙，今夕是何年。我欲乘风归去，又恐琼楼玉宇，高处不胜寒。**起舞弄清影，何似在人间。

【注释】

　　作者自注："丙辰（1076）中秋，欢饮达旦，大醉。作此篇，兼怀子由。"子由，作者之弟苏辙。

　　明月：圆月。　　几时：何时。此谓人间圆月不是天天都有。作者想象月在天上，天上一定时刻都有圆月，故想乘风上天。把酒：举起酒杯。　　天上宫阙：月中宫殿，月宫又称广寒宫。琼楼玉宇：神仙宫阙。　　乘风：作者想象自己像神仙一样乘风到天上宫阙中去。　　不胜（shēng）寒：禁受不了高空的寒冷。弄清影：和月光下自己的影子嬉戏。

　　此乃作者凭空想象示现。

(4) 南宋·李清照《如梦令》：

昨夜雨疏风骤，浓睡不消残酒。试问卷帘人，却道海棠依旧。**知否，知否，应是绿肥红瘦。**

【注释】

　　尾句是凭生活经验示现。

(5)《清平乐·寄夫》下片：

楼上小鸟喳喳，路旁到处鲜花。莫惜争奇斗艳，孤芳心系天涯。

【注释】

此系触景生情，凭主观想象示现。

(6)《鹧鸪天·秋心》下片：

明月照，怕登楼。孤光侵枕冷飕飕。**断鸿声里长门暮，有个佳人不举头。**

【注释】

依据生活经验示现。

(7)《浣溪沙·江晚即兴》下片：

潮落潮生天不老，月圆月缺景犹佳。**嫦娥料得鬓双华。**

【注释】

凭主观想象示现。

(8)《鹧鸪天·征途》下片：

风习习，雨潇潇。**桃花似见武陵漂。栏杆料得凭红袖，夜夜霜侵杨柳腰。**

【注释】

武陵：武陵溪(见《桃花源记》)。

"桃花"句凭想象示现。末尾二句是依据生活经验示现。

第十五节　跳　　脱

跳脱,修辞学上辞格之一。心思的急转,事情的突发等,由一个话题跳到另一个话题,但有内在联系。例如:

(1) 北宋·秦观《如梦令》:

传与东坡尊舅,欲作栏杆护佑。心性慢些儿,先着他人机构。**虚谬,虚谬,这段姻缘生受。**

【注释】

尊舅:郎舅。　　生受:为难,麻烦,难以接受。此指谣言,无中生有。

世传秦观娶"苏小妹"为妻,纯属虚构。

(2) 南宋·李清照《如梦令》:

常记溪亭日暮,沉醉不知归路。兴尽晚回舟,误入藕花深处。**争渡,争渡,惊起一滩鸥鹭。**

【注释】

沉醉:大醉,迷迷糊糊。

由于夜晚醉酒,误入藕花深处,正在用力划船,企图挣脱藕花挡道,不料桨声惊起了滩上夜眠的许多鸥鹭。由"争渡"跳到"鸥鹭",乍看脱离了主题,细思却环环相扣,自然发展,顺理成章。

(3) 南宋·辛弃疾《菩萨蛮》下片：

人言头上发，总向愁中白。**拍手笑沙鸥，一身都是愁。**

【注释】

　　作者少年就以收复失地为己任，青年时带领起义人马，冲破金兵重重围阻，渡过长江到杭州，不远千里投靠南宋。然而宋高宗赵构拒绝北伐，作者多次上书请求带兵上阵，统一祖国，均被驳回，等了几十年，愁得头发已白。愁是抽象的，突然跳到白鸥身上，化抽象为具体，同时语带诙谐，苦中作乐。

(4) 南宋·辛弃疾《丑奴儿·书博山道中壁》下片：

而今识尽愁滋味，**欲说还休。欲说还休，却道天凉好个秋。**

【注释】

　　"却道"句：是"顾左右而言其他"的意思。即避开"敏感"话题，跳到另一个话题，去说些无关紧要的闲话。

(5)《鹧鸪天·江峰上》下片：

千万里，思难收。三春三夏接三秋。**一腔心事依明月，忽起沙滩几只鸥。**

【注释】

　　一腔心事依明月：自己的心事只有明月知道，明月是唯一知己。　"忽起沙滩几只鸥"，系跳脱。在月光映照下，思绪随着惊起的鸥鸟飞向远方。

(6)《浣溪沙·山家》下片：

两个牧童横短笛，几行翠柳入鸣鸦。**寻诗觅句到山家。**

【注释】

　　本片词第一、二句描写山村环境闲适幽静，景色自然美丽。第三句"寻诗觅句到山家"，跳脱到"山家"，是为了走访，走访是为了写诗，写诗是为了展现"山家"的生活环境。"几行翠柳入鸣鸦"是"鸣鸦飞入几行翠柳"的倒装句。

第十六节　映　　衬

　　映衬，修辞学上辞格之一，也叫"衬托"。为了突出主要事物，先描写与之相关的事物以便对比，作为陪衬烘托的修辞手法。例如：

(1) 唐·李白《忆秦娥》下片：

乐游原上清秋节，咸阳古道音尘绝。音尘绝，**西风残照，汉家陵阙**。

【注释】

　　作者以"西风残照"，映衬唐朝自安史叛乱后走向没落。

(2) 南唐·李煜《浪淘沙》上片：

帘外雨潺潺，春意阑珊。罗衾不耐五更寒。梦里不知身是客，一晌贪欢。

诗词与修辞

【注释】

潺潺：雨声。　　阑珊：将尽。　　罗衾（qīn）：丝绸被子。身是客：指身为俘虏，远离故国。　　一晌：片刻时间。

以雨声潺潺衬托心绪不宁，天寒衬托心寒。

(3) 明·杨慎《临江仙》：

楚塞巴山横渡口，行人莫上江楼。**征骖去棹两悠悠。相看临远水，独自上孤舟。**　却羡多情沙上鸟，双飞双宿河洲。今宵明月为谁留。团团清影好，偏照别离愁。

【注释】

作者系明朝状元，乃一代才子。因直谏忤旨，被充军云南永昌（今保山）三十多年，卒于戍所。该词乃作者告别送行的妻子前往戍所情景。以鸟能双飞双宿，衬托人却不能。月团圆衬托人不团圆。

(4)《渔歌子·寒江渔火》：

夜宿芦花两棹霜，寒江深处网束张。观渔火，映沧浪。休将困苦当风凉。

(5)《捣练子·独坐长江边》：

凉夜静，大江空。水浅沙明月似弓。**林叶萧萧人寂寂，几声凄叫是孤鸿。**

【注释】

本词用"夜静、江空、残月、寂寂、孤鸿"等周围景物，映衬人之孤独。

(6)《临江仙·友人失所》：

回首浮生常自恨，陈秋接着新秋。如今失所似林鸠。**夜深难入寐，残月挂帘钩。** 日色西沉前景暗，白头偏照江流。世人都想做公侯。邯郸枕上梦，惊醒万斛愁。

【注释】

浮生：人生的消极称谓。 林鸠：鸠鸟。鸠鸟不善筑巢，常占鹊巢抚养幼鸟。此喻友人受骗，失去住房，寄人篱下。 日色西沉前景暗：衬托晚景不佳。 邯郸枕上梦：此喻友人希望破灭。 斛：古代容量单位，十斗为一斛。形容因失望而愁肠百结。

(7)《蝶恋花·怅望》下片：

为问行人知道否。花谢花开，兔疾乌奔走。好梦觉来羞启口。**孤衾懒对鸳鸯偶。**

【注释】

怅望：寂寞不如意时怀想。 行人：此指外出远行的亲人。 花谢花开：过了一年又一年，还不见亲人回来。 兔疾乌奔走：谓昼夜轮回，日月如梭。兔，月亮。传说月中有玉兔。乌，太阳。相传日中有三足乌。 觉：醒。 鸳鸯：指屏风上的鸳鸯图案。该句以鸳鸯成双衬托独自孤衾。

第十七节 层　　递

层递，修辞学上辞格之一。层递，即"递进"。诗词的上下句含

有层层递进的意思。例如:

(1) 五代·牛希济《生查子》下片:

语已多,情未了。回首犹重道:记得绿罗裙,处处怜芳草。

【注释】

末尾两句意为:我以后看到芳草,便会想起身穿绿罗裙的你。芳草,即花草。爱恋感情更递进一层。

(2) 北宋·贺铸《捣练子》:

砧面莹,杵声齐,捣就征衣泪墨题。寄到玉关应万里,戍人犹在玉关西。

【注释】

杵(chǔ):捣洗衣布用的木棒。 砧:放在水边供捣洗衣布的石板,即砧石。 莹:光滑。 捣就:捣洗完毕。 征衣:为远征者准备的衣服。 泪墨题:含着泪给征人写信。 玉关:玉门关。在今甘肃省敦煌市西北,古为通西域要道。 戍人:戍守边关之人。

从家寄衣到玉门关有万里之遥,而亲人戍守的边关还在玉门关以西。不但路程更远,由此递进一层,而且思念之情也更加递进一层。

(3) 南宋·李清照《一剪梅》下片:

花自飘零水自流,一种相思,两处闲愁。此情无计可消除,才下眉头,却上心头。

【注释】

一种相思,两处闲愁:据元代伊世珍《琅嬛记》所载,作者婚后不久,赵明诚负笈远游。作者思念远方明诚,明诚也同样思念作者,故有此语,递进一层。说"闲愁",系反语。　才下眉头,却上心头:因无法摆脱相思,即使表面故装不愁,而内心时刻都愁。由此更进一层。

第十八节　用　　典

用典,修辞学上辞格之一。运用历史典故,是诗词创作中的常用手法。诗篇短小,五绝、七绝只有四句,五律、七律也只有八句,每首诗必须在四句或八句中完成起承转合,同时受平仄、粘对、押韵、对仗等制约,故诗中用字必须反复推敲,千锤百炼,术语叫"炼字",力争以一当百。若适当用典,既增加诗词容量,又显得篇有余意,能收到事半功倍的效果。例如:

(1) 唐·刘禹锡《潇湘神》:

斑竹枝,斑竹枝,泪痕点点寄相思。**楚客欲听瑶瑟怨,潇湘深夜月明时。**

(2) 南唐·李煜《破阵子》下片:

一旦归为臣虏,**沈腰潘鬓消磨**。最是仓皇辞庙日,教坊犹奏别离歌,垂泪对宫娥。

【注释】

沈腰：南朝沈约致徐勉书曰："百日数旬,革带常应移孔。"(见《梁书·沈约传》)革带移孔,指身腰因病瘦减。　潘鬓："余春秋三十有二,始见二毛。"(潘岳《秋兴赋·序》)二毛,指鬓发花白。此喻作者被俘后瘦了、老了。　辞庙日：指出降被俘那一天。庙,指南唐宫殿。

(3) 北宋·范仲淹《渔家傲·秋思》下片：

浊酒一杯家万里,**燕然未勒归无计**。羌管悠悠霜满地。人不寐,将军白发征夫泪。

【注释】

燕然：山名,即杭爱山,在今蒙古国境内。据《后汉书·和帝纪》所载,东汉窦宪曾于永元元年（89）,大破匈奴,穷追北单于,至此登山,勒石记功。　羌管：羌笛。羌,羌人。相传笛是羌人首创,故称。

(4) 南宋·辛弃疾《永遇乐·京口北固亭怀古》：

千古江山,英雄无觅,孙仲谋处。舞榭歌台,风流总被,雨打风吹去。斜阳草树,**寻常巷陌,人道寄奴曾住**。想当年,金戈铁马,气吞万里如虎。　元嘉草草,封狼居胥,赢得仓皇北顾。四十三年,望中犹记,烽火扬州路。可堪回首,佛狸祠下,一片神鸦社鼓。凭谁问：廉颇老矣,尚能饭否。

【注释】

孙仲谋：孙权，字仲谋。三国时吴国君主。汉末建安十七年（212）孙权徙治建康（今南京），于濡须口（今安徽芜湖裕溪口）作坞以防曹操。次年曹操南下进攻濡须，相拒月余不得进，失利后叹曰："生子当如孙仲谋！"　　舞榭（xiè）歌台：歌舞楼台。　　寻常巷陌：普通街道。　　寄奴：南朝宋武帝刘裕小名。他生长在京口（今镇江），曾在此起兵，先后灭了南燕、后燕、后秦，一度收复洛阳、长安等地，后推翻东晋，建立宋（南朝）。　　元嘉：宋文帝刘义隆（刘裕之子）年号。　　草草：指刘义隆草率出兵伐北魏，结果大败。　　封：在山上筑坛祭天。　　狼居胥：山名。在今内蒙古五原县西北黄河北岸，亦名狼山。西汉霍去病追击匈奴至此，登狼居胥山祭天而还。　　赢得：落得。　　仓皇北顾：指王玄谟（刘义隆北伐军统帅）匆忙败退，回头北望追兵。作者借此劝告南宋朝廷，要做好充分准备，方能出兵。　　四十三年：作者自宋高宗绍兴三十二年（1162）率众南归，至宋宁宗开禧元年（1205）出守京口，填这首词时，前后共计四十三年。　　可堪：怎能忍受得了。　　佛狸祠：北魏太武帝拓跋焘率兵追击王玄谟至扬州，驻军长江北岸瓜步山，在山上修建一座行宫，后称佛狸祠。佛狸，是拓跋焘小名。　　神鸦：吃祠神祭品的乌鸦。　　社鼓：社日祭神的鼓声。以上三句，谓人们忘记了历史，竟在佛狸祠下迎神赛社，真是不堪回首。　　廉颇：战国时赵将，善战，晚年被黜奔魏。秦攻赵，赵王想起用廉颇，担心他年老体衰，派人去探视。廉颇当使者面，一顿饭食斗米、肉十斤，披甲上马，以示不老。使者受廉颇仇人郭开贿赂，回报赵王说廉颇虽老，尚能吃饭，但坐了一会儿，就拉了三次屎。赵王信以为真，遂不召用。此为作者借以自喻。作者多次请求率兵北伐，收回失地，统一中原，均被朝廷拒绝，感叹自己年老，壮志难酬。

(5)《沁园春·立太湖龙头渚》：

气压东南，大海毗连，万顷碧涛。看孕包吴越，三江吞吐，峰峦七十，各显妖娆。天水茫茫，鸥飞鹭起，无数风帆难画描。**登临地，正夫差战场，马迹龙腰。** 栏杆拍遍春皋，似见那、子胥恨不消。任卧薪尝胆，姑苏夜破，西施范蠡，尽入渔樵。千古兴亡，人间儿戏，都负钱塘上下潮。回首处，奈残阳一抹，横在林梢。

【注释】

龙头渚：吴越夫椒大战之处，在无锡西南太湖中。战场："勾践闻吴王夫差日夜勒（练）兵，且（将）以报越，越欲先吴未发，往伐之。范蠡谏曰：'不可！……行者不利。'越王曰：'吾已决之矣！'遂兴师。吴王闻之，悉发精兵击越。"（见《史记·越王勾践世家》）越王驱兵犯夫椒，两军激战，夫差亲擂战鼓，吴军士气大振，败越于夫椒，乘胜进攻越都（今浙江绍兴）。越王勾践以五千残兵屯于会稽山（在今绍兴东南），派大夫文种以美女贿吴国太宰伯嚭（pǐ），请求为吴臣。夫差不听伍子胥乘胜灭越之言，允越求和。 卧薪尝胆：据《吴越春秋·勾践归国外传》所载，越王勾践在夫椒战败，入吴为奴，三年后被放回，欲报吴仇，苦身焦思，置胆于座，饮食尝之，以示不忘败辱之耻。 姑苏夜破：越军夜袭吴都，夫差败亡。范蠡功成身退，携西施泛舟五湖而去。后隐居陶邑（今山东定陶）。

(6)《满江红·自题〈中国历朝词选〉》上片：

一卷新编，荟萃那、千年妙曲。"杨柳岸、晓风残月"，女郎丝竹。更奏铜琶须铁汉，"大江东去"豪风足。有多少、佳句落人间，非流俗。

【注释】

杨柳岸、晓风残月：为宋柳永《雨霖铃》词中佳句。柳永是婉约词派代表，该词为其代表作。　大江东去：宋苏轼《念奴娇》词中名句。苏轼有一次问歌者："我词何如柳七（柳永）？"歌者答曰："柳郎中（柳永）词，只合十七八女郎，执红牙板，歌'杨柳岸、晓风残月'。学士（苏轼）词，须关西大汉，铜琵琶，铁绰板，唱'大江东去'。"（见宋俞文豹《吹剑续录》）苏轼为豪放词派代表，这首词堪称代表作。

(7)《浣溪沙·扬州》：

柳暗瘦西景色幽，五亭桥上客人稠。琼花一绝古扬州。　水殿龙舟风卷去，蜀冈不见旧迷楼。香魂几缕夜萤流。

【注释】

瘦西：指扬州瘦西湖，景色优美。　五亭桥：在扬州瘦西湖上，由五座亭子组成，故名。　琼花：一种珍稀花卉，产于扬州。相传隋炀帝开凿大运河，是为了乘龙舟水殿到扬州看琼花。　龙舟：隋大业十二年（616），隋炀帝率众二十万人南游扬州，船队长达二百里，龙舟高三层，分正殿、偏殿等。　蜀冈：山名。在扬州市西北。相传地脉通蜀，故名。此处有扬州古城遗址等。　迷楼：隋炀帝在扬州建的行宫。浙江人项昇进新宫图，炀帝令扬州依图建造,经年始成。回环四合,上下金碧,自古无有,费用金玉,国库为之一空。误入者,终日不能出,故名迷楼。楼中藏美女数千。　　香魂:蜀冈旁有宫人斜(葬宫女处)。遗址在今扬州市西北蜀冈东峰观音山上。　　夜萤流:隋炀帝令从民间征得萤火虫数斛,供其夜晚放萤取乐,并建有放萤院。斛,古代容器,十斗为一斛。

(8)《鹧鸪天·过横塘》下片:

胭脂井,美人藏。六朝陈迹说兴亡。是非荣辱江流去,夜夜涛声上女墙。

【注释】

　　胭脂井:景阳井,在台城内。据《南京掌故》等资料考证,胭脂井在台城中部偏东,"与南京鸡鸣寺相距二里许"。现在鸡鸣寺前的"古胭脂井"当是明代所凿,石碑是民国所立,乃以讹传讹所致。据《同治上江两县志》所载:"谓鸡笼山为台城故址,引鸡鸣寺后古城为证……可知鸡鸣寺后之城乃是明代扩都城时所遗,俗呼曰'台城',吕氏遽此以为确据,误矣。"吕氏,指清嘉庆时江宁知府吕燕昭主修的《嘉庆江宁府志》。隋兵破城入宫,南朝陈后主慌忙携张丽华与孔贵嫔躲入景阳井中,后被隋兵搜出。六朝:东吴、东晋、宋、齐、梁、陈先后建都金陵(今南京)。

(9)《鹧鸪天·烂柯山》:

千里峰峦万木葱,深秋染得几枝红。**烂柯山下寻仙子,王质庭前觅旧踪。　　人已散,月流空。衢江照旧水长东。庄周化蝶藏玄妙,蕉鹿谁知一梦中。**

【注释】

烂柯山：据《述异记》所载，晋人王质入山伐木，见童子对弈，便置斧旁观。童子与一物如枣核，让其含之不饥。不久，童子棋罢催归。王质起视，见斧柯（柄）已烂尽。及至家中，亲人故旧早殁，已历几世。　　衢江：源出浙江省江山市仙霞岭，东北流至西安县（今衢州市衢江区）。　　化蝶："昔者庄周梦为蝴蝶，栩栩然蝴蝶也，自喻适志与，不知周也。俄然觉，则蘧蘧然周也。不知周之梦为蝴蝶与，蝴蝶之梦为周与。"（见《庄子·齐物论》）后因称梦为蝶梦。蘧蘧（qú），惊动貌。　　蕉鹿："郑人有薪于野者，遇骇鹿，御而击之，毙之。恐人见之也，遽而藏诸隍中，覆之以蕉，不胜其喜。俄而遗其所藏之处，遂以为梦焉。"（见《列子·周穆王》）比喻人世真假杂陈，得失无常。蕉，同"樵"。

(10)《临江仙·太湖》：

三万顷湖天接水，蓬瀛无际茫茫。洞庭传说是仙乡。气蒸黄浦口，波撼阖闾邦。　　范蠡有灵常举棹，西施辞却吴廊。梅村隐隐至德堂。人稀灯火暗，梦断石头旁。

【注释】

洞庭：指太湖洞庭山。　　黄浦口：指太湖三江口。在苏州太湖入海处。　　阖闾邦：指阖闾城。在无锡西南太湖中，乃伍子胥操练水军处。　　举棹：范蠡助越亡吴后，携西施荡舟五湖而去。　　吴廊：指响屟（xiè）廊，遗址在今江苏省苏州市西灵岩山。吴王夫差为西施在灵岩山筑馆娃宫，以木板建回廊，廊下虚空，让西施着木底鞋行走廊上，发出响声。屟，同"屣"。　　至德堂：指太伯庙。在今江苏无锡梅村镇。泰伯三让王位，奔隐梅里，建立句（同"勾"）吴国。孔子赞曰"泰伯三以天下让……可谓至德也已矣"(见《论语·泰伯》)。　　石头：今江苏省南京市旧称石头城。

(11)《临江仙·杭州怀古》：

鼙鼓震天如卷席，丧家之犬惶惶。金陵放弃立朝堂。岳飞标敕字，九五坐康王。　乾坤半壁英雄泪，名垂青史留芳。三宫北上路茫茫。贵妃陪佛坐，龙子葬汪洋。

【注释】

　　鼙鼓：古代军中的小鼓与大鼓，中军以鼙令鼓。此喻金兵大举南侵。　丧家：金兵攻破卞梁，掳去宋徽宗和宋钦宗，赵构主动放弃中原，仓皇南逃渡江，以建康（南京）作行宫。后见金兵逼近长江，又南逃杭州、绍兴、宁波等地。　敕字：岳飞大败金军，镇压西南少数民族起义，为赵构登基奠定了基础。赵构手书"精忠岳飞"四字赐予岳飞。　九五：帝位。　康王：赵构系宋徽宗第九子，原封康王。金兵败退后，赵构回杭州建都，遂自称帝，即宋高宗。　半壁：指南宋偏安江南半壁河山。　英雄：指屈死风波亭的岳飞。　三宫：指太皇太后、皇太后及恭帝赵㬎（同"显"）。蒙古军攻陷杭州，南宋投降，掳皇帝及妃嫔等三千多人押往元都（北京）。　贵妃：指王清惠，被元军掳到北京，后做女道士。恭帝赵㬎后被送入甘州寺庙做了和尚。　龙子：随陆秀夫等人逃往南海的宋端宗赵昰（同"是"），最后被元军逼得走投无路，陆秀夫抱其投海而死。

第十九节　倒　　装

　　倒装，修辞学上辞格之一。为诗词创作中的常用手法。诗遵

格律,词按词谱,诗词创作中遣词造句,因受韵律限制,往往须用倒装手法。例如:

(1) 唐·皇甫松《梦江南》:

兰烬落,**屏上暗红蕉**。闲梦江南梅熟日,夜船吹笛雨潇潇。人语驿边桥。

【注释】

屏上暗红蕉:为"屏上红蕉暗"的倒装。词中的"蕉"是用韵处,与"潇""桥"均属同部平声韵。若用"红蕉暗","暗"是仄声,更不同韵,故采用倒装句型,以求谐韵。以下其他倒装句大同小异,各有原因,固非千篇一律,但目的都是为了通顺押韵。

(2) 五代·孙光宪《浣溪沙》下片:

目送征鸿飞杳杳,思随流水去茫茫。**兰红波碧忆潇湘**。

【注释】

兰红波碧忆潇湘:"忆潇湘兰红波碧"的倒装句。

(3) 北宋·苏轼《念奴娇》下片:

遥想公瑾当年,小乔初嫁了,雄姿英发。羽扇纶巾,谈笑间、强虏灰飞烟灭。故国神游,**多情应笑我,早生华发**。人间如梦,一尊还酹江月。

【注释】

多情应笑我:是"应笑我多情"的倒装句。　　华发:花白的头发,作者时年 46 岁,故言"早"。

(4)《浣溪沙·采石夜》下片:

李白墓旁思铁杵,谢安欲学钓王侯。夜郎流放令人愁。

【注释】

采石:采石矶。在安徽省马鞍山市长江东岸,矶悬峭壁,遥对天门山。旁边有太白祠、谪仙楼等建筑。　　李白墓:在当涂县青山西麓。唐上元二年(761)李白由金陵(今南京)第七次游当涂,依其族叔李阳冰(当涂令),次年卒于当涂,初葬龙山东麓,元和十二年(817)移葬于此。　　铁杵:指铁杵磨针。相传李白少年读书眉州象耳山,未成弃去。过小溪,遇一老妇在磨铁杵,问之,老妪答曰:"欲作绣针。"白问:"何时能成绣针?"妪曰:"功到自然成。"白感其意,因还卒业。　　谢安:字安石,东晋征讨大都督,指挥淝水大战,创造了历史上以少胜多的著名战例。该句为"欲学谢安"之倒装。李白曾言:"但用东山谢安石,为君谈笑静胡沙。"(见《永王东巡歌十一首》之二)　　钓王侯:姜子牙钓于渭水,遇文王,被尊为师,后助武王伐纣,建立周朝。　　夜郎:古县名,唐贞观年间置,在今湖南新晃侗族自治县境。安史叛军逼近长安,李白欲展才华,报效国家,应邀入李璘幕府。后李亨与李璘兄弟相争,李璘兵败。李白因此获罪,流放夜郎。该句是"流放夜郎令人愁"的倒装句。

(5)《浣溪沙·长城北望》下片:

大寨开山遗后患,衡阳去雁为林丘。几番王粲怕登楼。

【注释】

衡阳去雁:系"雁去衡阳"的倒装句。　　几番王粲:为"王粲几番"倒装。王粲,此为借指。

(6)《如梦令·泡影》:

暮想朝思红顶,玉马金堂远景。富贵万千秋,化作黄粱泡影。泡影,泡影。几个临危自省?

【注释】

暮想朝思:为"朝思暮想"倒装。

(7)《浣溪沙·江暮》上片:

问计归期未有期,江干转眼草离离。鸧鹕眠渚似忘机。

【注释】

归:归隐山林。　离离:草木茂盛。　忘机:忘却智巧变诈的心计。

问计归期:乃"归期问计"倒装,意为何时归隐山林。

第二十节　语含哲理

语含哲理,诗词表现手法之一。哲理,宇宙和人生的原理。所谓原理,即某一领域中具有普遍意义的最基本的规律。所谓规律,就是事物发展过程中的本质联系和必然趋势。规律是客观的,不以人的意志为转移,也叫法则。这种表现手法,往往与作者的知识、阅历、价值观、思想境界有关。例如:

诗词与修辞

(1) 南唐·李煜《相见欢》下片：

胭脂泪，相留醉。几时重。**自是人生长恨、水长东。**

【注释】

　　人生长恨、水长东：回顾一下，古今中外，永远是这样，乃人世间的普遍现象。无论贫富贵贱，人之一生，总会有或多或少的恨事。如同江河流水，永远向东，千古不变。

(2) 北宋·苏轼《水调歌头》下片：

转朱阁，低绮户，照无眠。不应有恨，何事长向别时圆。**人有悲欢离合，月有阴晴圆缺，此事古难全。**但愿人长久，千里共婵娟。

【注释】

　　人有悲欢离合，月有阴晴圆缺：无论何人，既改变不了，也回避不了，是生活中的客观现象，不以人的意志转移，是事物发展中的永恒规律。　　共婵娟：共同欣赏团月的明媚。婵娟，原指美好的事物。本词中指月亮。

(3) 明·杨慎《临江仙》：

滚滚长江东逝水，浪花淘尽英雄。**是非成败转头空。青山依旧在，几度夕阳红。**　白发渔樵江渚上，惯看秋月春风。一壶浊酒喜相逢。古今多少事，都付笑谈中。

【注释】

　　该词为杨慎《廿一史弹词》第三段《说秦汉》开场词。清初，毛宗岗父子取之置于《三国演义》卷首，故流传极广。因未有任何引用说明，所以致使有些读者误认为是罗贯中或毛氏父子所作。

　　回顾一下历史，看看青山绿水，听听茶余饭后，谁也否定不了词中的警语。

(4)《鹧鸪天·山边晚步》：

十里青山笼夕阳，归巢小鸟不成行。**长江后浪推前浪，沧海三番历梓桑。**　今古梦，莫思量。**周秦汉晋接隋唐。**牛山空洒伤心泪，**桃李终归让菊黄。**

【注释】

　　长江后浪推前浪：新生命总要代替旧生命，此乃生物规律。沧海三番历梓桑：麻姑，传说中女仙，年纪十八九，甚美，手指细长如鸟爪。自言"已见东海三为桑田"。　牛山空洒伤心泪："齐景公游于牛山，北临其国城而流涕曰：'若何滂滂去此而死乎？'"
　　桃李终归让菊黄：桃花、李花开在春天，菊花开在秋天。春天总要过去，秋天总要到来，这是规律。

　　四季周转，兴衰轮回，亘古不变。桃李春天怒放，无须炫耀，秋天见菊花盛开，也不必嫉妒。

(5)《浣溪沙·诗酒地》下片：

四季层岚诗酒地，三生得失不须防。**糊涂难得即文章。**

【注释】

　　层岚：层层山气。岚，山地像雾似的水蒸气。　三生：佛教语。指前生、今生、来生。　糊涂难得：为郑板桥"难得糊涂"倒装句。意为糊涂难,由聪明变糊涂更难。"难得糊涂",语含哲理。纵观历史,直谏获罪,忠臣蒙冤等重大事件,明多为"聪"所误。

(6)《浣溪沙·江晚即兴》下片:

潮落潮生天不老,月圆月缺景犹佳。嫦娥料得鬓双华。

【注释】

月圆月缺景犹佳:圆月如镜,半月如弦,残月如钩。无论圆月、缺月都是美好的景色。

潮落潮生,月圆月缺,周而复始,永远不变。

(7)《生查子·直钩》下片:

潮来浪自高,风送帆犹快。钩直钓王侯,愚人论成败。

【注释】

钩直:指直钩。相传姜太公曾于渭滨直钩钓鱼,遇周文王,文王尊其为师。后助武王伐纣,建立周朝。

(8)《忆江南·春去》:

春去也,红淡绿荫浓。花落花开均有盼,潮生潮退亦无终。人恨不能同。

【注释】

春:既指春天,亦指人的青春。

花今年落,明年还会再开;潮退还会潮涨。而人的青春只有一次,不会重复,故须格外珍惜。

(9)《踏莎行·早春》下片：

雨后寒轻，风前香少。林中落叶惊飞鸟。千重绿水万重山，**红尘易老天难老**。

【注释】

红尘：指人间寿命。　　天：指天地自然现象。

第二十一节　正 话 反 说

正话反说，也叫"反语"，是修辞学上辞格之一。以批评的口气表示赞扬，以表扬的口气表示批评，用与本意相反的词语表达本来的意思。例如：

(1)《临江仙·叹愚》上片：

枕上蝶飞原是梦，功名怕说茶余。灯前黄卷几章书。**素娥常作伴，倒也不知孤**。

【注释】

枕上蝶飞："昔者庄周梦为蝴蝶，栩栩然蝴蝶也。自喻适志与，不知周也……俄然觉，则蘧蘧（qú）然周也。"（见《庄子·齐物论》）蘧蘧，惊动貌。　　素娥：嫦娥，借指月亮。传说月中有广寒宫，乃嫦娥居所。

说月亮"常作伴，倒也不知孤"，正是孤独的表现。说"不知孤"，系反语。

(2)《鹧鸪天·弹流水》下片：

云聚散，月西东。老来何必论穷通。**高歌一曲弹流水，知己年年有塞鸿。**

【注释】

　　知己年年有塞鸿：北雁南飞，一年一次，说北来的大雁是知己，正是无知己。

(3)《浣溪沙·江东失题》上片：

江上春残一梦中，恼人景色太湖东。青峰七十绿荫浓。

【注释】

　　恼人：实为喜人。说"恼人景色太湖东"，其实是太湖东的景色十分喜人，令人流连忘返。　　青峰七十：太湖号称三万六千顷，青峰七十二。此取整数。

第二十二节　谐音双关

　　谐音双关，简称"双关"，修辞学上辞格之一。利用词的多义及谐音，使语句有双重含义，言在此而意在彼。例如：

(1)《浪淘沙令·竹问》下片：

自笑腹空空，更缺娇容。瘦清自少绿荫浓。**十丈身长徒有节，知与谁同。**

【注释】

　　瘦清：清瘦。郑板桥《题画竹》中有"冗繁削尽留清瘦"佳句。

少:缺少。竹枝细而稀疏,故竹冠不茂密。　节:明指竹节,暗指"气节"。

(2)《丑奴儿·汀洲》下片:

风吹去棹白云际,雾锁红楼。缺月如钩。**莲自飘香藕自愁**。

【注释】

　　红楼:闺楼。　　缺月:象征人缺不团圆。　　藕:谐"偶"。指男女成双成对。

(3)《浣溪沙·夜阑》下片:

零落繁星愁不聚,低垂老柳乱丝缠。谁知别易会常难。

【注释】

　　繁星:谐"烦心"。　　聚:团聚。　　丝:谐"思"。

(4)《忆江南·海边晚坐》上片:

东海畔,独自望天涯。**残月不明星黯淡,暖风吹落柳条花。丝絮乱如麻**。

【注释】

　　星:谐"心"。　　黯淡:阴沉,郁闷。　　丝絮:柳絮,谐"思绪"。

第二十三节　缘情造景

缘情造景,即情景相生,融为一体。为诗词的表现手法之一。

诗词与修辞

根据诗词内容的需要,去布置周围的环境与景色。本着景为情,情为题,并注意景色与季节的和谐统一。例如:

(1) 北宋·范仲淹《渔家傲·秋思》:

塞下秋来风景异,衡阳雁去无留意。四面边声连角起。千嶂里,长烟落日孤城闭。 浊酒一杯家万里,燕然未勒归无计。羌管悠悠霜满地。人不寐,将军白发征夫泪。

【注释】

该词上片描写西北边境秋景萧索,引起下片思家之情:戍边日久,归期无望,夜不能寐;将军白发,征夫流泪。通首词情景融为一体。

(2) 北宋·晏殊《浣溪沙》:

红蓼花香夹岸稠,绿波春水向东流。小船轻舫好追游。 渔父酒醒重拨棹,鸳鸯飞去却回头。一杯销尽两眉愁。

【注释】

蓼:草本植物。生长于浅水中。 舫:小画船。

本首词前五句均为缘情造景。其中"渔父""鸳鸯"二句为对偶。

(3) 明·王凤娴《浣溪沙》:

曲径新篁野草香,随风闪闪蝶衣忙。柳绵飞堕点衣裳。 人在镜中怜影瘦,燕翻波面舞春长。小桥古渡半斜阳。

【注释】

篁：竹子。　　堕：落。　　镜：水平如镜。

通首词缘情造景。其中"人在""燕翻"二句为对偶。

(4)《浣溪沙·山间草堂》：

水绕青山花绕楼，草堂小院竹林收。众多啼鸟乱枝头。　欹枕碧溪三尺玉，漫摊黄卷四时幽。钓台麟阁又何求。

【注释】

收：谓草堂小院隐藏在竹林中。　　欹(qī)：侧向一边。三尺玉：形容清浅的溪水。　　黄卷：指诗词及其他文史类书籍。钓台：东汉严子陵隐居垂钓处，在今浙江省桐庐县富春山，下瞰富春渚，有东、西二台，各高数百丈。　　麟阁：麒麟阁，在汉未央宫中。汉宣帝曾画霍光等十一名功臣图像于阁中。

词中草堂，美如仙境，令人心驰神往。

(5)《浪淘沙令·月笼江洲》上片：

月色笼江洲，风冷飕飕。夜间渔火晓来收。**渚上芦花飞柳絮，何处归休。**

【注释】

渚：水中小块陆地。　　柳絮：此喻冬天芦花。

(6)《浪淘沙令·老马》：

千里踏沧浪，老作绵羊。**夕阳西下独彷徨。水复山重天**

欲暮，路在何方。　满目叹凄凉，逝水汤汤。无边银汉白茫茫。万点寒星都不语，月坠高冈。

【注释】

沧浪：水色青苍。　彷徨：徘徊不定。　汤汤(shāng)：大水急流的样子。　银汉：银河。　冈：低而平的山脊。

(7)《浣溪沙·山家》上片：

山叠水湾景色佳，茅檐散落隔桑麻。江边渚上草新芽。

(8)《浪淘沙令·农忙》：

山曲小围墙，雨涨池塘。农家里外燕飞翔。秧稻分畦犹待插，麦穗金黄。　庄外做农场，户户都忙。小姑老妪挽箩筐。闻说春蚕将结茧，喜气洋洋。

【注释】

通首词情景相生。

(9)《浣溪沙·五月山村》：

忙种忙收满地瓜，关门上锁野人家。田头午饭备清茶。　麦地风吹低去燕，荷塘雨涨急鸣蛙。蜻蜓乱点水萍花。

【注释】

通首词情景相融。

第二十四节 高度概括

高度概括,为诗词的表现手法之一。用精练的语言,极少的文字,描写一件事物或说明一个道理。例如:

(1) 唐·吕岩《梧桐影》:

明月斜,秋风冷。今夜故人来不来,教人立尽梧桐影。

【注释】

吕岩:吕洞宾。

此首小令,四句分别点明等人的时间、季节、地点、夜景与焦急的心情。可谓言简意赅。

(2) 明·杨慎《临江仙》:

滚滚长江东逝水,浪花淘尽英雄。是非成败转头空。青山依旧在,几度夕阳红。　白发渔樵江渚上,惯看秋月春风。一壶浊酒喜相逢。**古今多少事,都付笑谈中**。

【注释】

"滚滚长江东逝水,浪花淘尽英雄""古今多少事,都付笑谈中"概括了从古到今的时间、空间、人文、历史、规律……

(3)《捣练子·独坐长江边》:

凉夜静,大江空。水浅沙明月似弓。林叶萧萧人寂寂,几声凄叫是孤鸿。

第二十五节 无理而妙

无理而妙,即妙在无理,诗词的表现手法之一。指某些诗词语句乍看起来不合情理,但细究起来却又很有道理,给人一种耳目一新、妙不可言的感觉,让人引起联想。例如:

(1) 南唐·李煜《相见欢》上片:

无言独上西楼。月如钩。**寂寞梧桐深院、锁清秋。**

【注释】

锁:笼罩。

"锁"字乍听无理,其实特别形象生动而又贴切。作者亡国被俘后,身在异乡,独居小院,行动不自由。说"寂寞梧桐深院、锁清秋",实际是他被"锁"在清秋中梧桐笼罩下的孤独小院里。

(2) 北宋·秦观《浣溪沙》下片:

自在飞花轻似梦,无边丝雨细如愁。宝帘闲挂小银钩。

【注释】

宝帘:精美的门帘。   银钩:帘钩的美称。

梦、愁:既无形又无轻重,更无粗细之分,却说梦轻如飞花,愁细如雨丝,化抽象为具体。无理而妙,让人耳目一新。

(3) 南宋·李清照《武陵春》下片：

闻说双溪春尚好，也拟泛轻舟。**只恐双溪舴艋舟，载不动、许多愁。**

【注释】

愁，无形，更无重量可言，却说小船载不动。乍听无理，若联系作者此时处境，却又符合实际情况。金兵攻陷北宋都城汴梁（今河南开封），作者国破家亡，南渡后不久，丈夫病故，流落江南，居无定所。很多书画金石在辗转中丢失，作者又体弱多病，加之和小人张汝舟的官司迁延日久，可谓愁肠百结，身心俱伤。对一个孤独的女人来说，这些"愁"真是船载斗量，太多太多了！

(4) 《浪淘沙令·愚人多闲》下片：

落叶软绵绵，白鹤翩翩。沙洲芦渚水相连。**小鸟偏知人已老，不到跟前。**

【注释】

小鸟不到跟前，是嫌弃人老。这种说法，明显无理。

(5) 《玉楼春·问星星》下片：

楼前雨打芭蕉卷，似叹黄鹂声不啭。**镜中衰色枕边心，问遍星星都不管。**

【注释】

不啭：指春光（喻青春）已过，因黄鹂（莺）多在春天啼叫。啭，鸟鸣悦耳动听。

该词为女子代言。人老色衰，感情受挫，心事重重，夜不成眠，问计星星,星星无语,抱怨星星不管她,难免有无理之嫌。

(6)《如梦令·秋在何处》:

若问秋居何处,秋共菊花小住。衰草藕塘边,落叶随风低诉。**低诉,低诉,都是秋来耽误。**

【注释】

　　秋共菊花小住:秋季将被冬季取代,属四季轮回,是自然界的客观规律。树木秋天落叶,标志一个生长周期的结束;冬去春来,下一个生长周期又开始。不存在"秋来耽误",说"秋来耽误"明显无理。然而秋天落叶,却是不争的事实。

(7)《浣溪沙·金陵月下》上片:

一阵西风乱藕塘,洛妃转脸卸红妆。**城门不锁夜来香。**

【注释】

　　西风:秋风。
　　秋天荷花凋谢,香气已无,却怨城门未将荷香锁住。此话太无道理了。

(8)《忆江南·江柳》:

江边柳,早晚系渔舟。**倩影不随春水去**,经风经雨过三秋。常笑逐波流。

【注释】

　　三秋:秋季三个月,依次为孟秋、仲秋、季秋,故称。　　逐波流：比喻趋炎附势、随波逐流之辈。

江边柳树的倒影不会随着江水流去,因柳树是固定的。说柳影是不愿意随波逐流才如此,你说有道理吗？

(9)《踏莎行·春归处》上片：

蝶懒莺疏,封姨逼户。落红聚在梅林坞。漫言无处去寻春,**此间原是春归处**。

【注释】

蝶懒莺疏：表示春天即将过去。　封姨：风神。　逼：吹进。　落红：落花。　坞(wù)：低洼处。　漫：轻易。　归：此指隐藏。

蝴蝶采花授粉,黄莺多在春末鸣叫,春天一过,无花可采,当然看不到蝴蝶,听不到莺叫,故不存在"蝶懒莺疏"。风吹落花,落花自然聚在低凹处,却说春随落花藏在低洼处。虽无道理,但很客观。

第二十六节　尾句宕开

尾句宕开,即以景结情,为表现手法之一。一首诗或一首词无论字句多少,都要讲究起承转合。所谓"合",就是"收尾"。善于诗词者,往往结合内容,以景色结尾,让人引起联想。例如：

(1) 南宋·李清照《浣溪沙》下片：

海燕未来人斗草,江梅已过柳生绵。**黄昏疏雨湿秋千**。

【注释】

海燕：燕子。据说燕从海上来,故有此称。　斗草：斗百草。一种妇女游戏,除赌斗灵慧,还有占卜命运的意思。

　　景为情,作者以"黄昏疏雨湿秋千"结尾,说明韶光已逝,青春不再。愁如细雨,绵绵不绝。

(2) 南宋·辛弃疾《临江仙》下片:

记取小窗风雨夜,对床灯火多情。问谁千里伴君行。**晚山眉样翠,秋水镜般明。**

【注释】

　　作者用"晚山眉样翠,秋水镜般明"收尾,是希望弟弟佑之归途平安,舒展眉头,心情舒畅。不要为自己担心,自己的心还像秋水般清澈,镜子一样明亮,时刻陪伴着他。

(3) 明·王凤娴《浣溪沙》下片:

人在镜中怜影瘦,燕翻波面舞春长。**小桥古渡半斜阳。**

【注释】

　　词以残阳斜照,古渡小桥结尾,联系上片"柳绵飞堕点衣裳"之句,可见该词乃惜春之作,伤感韶光已逝。

(4)《鹧鸪天·江带雨》下片:

江带雨,水温柔。浑身淋湿也风流。抛莲误打鸳鸯散,**惊起沙滩一片鸥。**

【注释】

　　风流:疏放,潇洒。

(5)《浪淘沙令·钱塘》下片：

八月涌波流，十万貔貅。子胥勒马立潮头。称霸竞王人已去，**月照江楼**。

【注释】

　　八月涌波：传说农历八月十八日钱塘江大潮，为伍子胥死后发怒，驱水成涛所致。有人见他素车白马，手仗宝剑，立于潮头。貔貅(pí xiū)：原为猛兽，常喻勇猛的军队。此喻钱塘潮。　人：此指吴王夫差与越王勾践。

(6)《渔歌子·收钓》：

收起垂丝酒意浓，落叶西风扫梧桐。云淡淡，水溶溶。**芦花短笛夕阳红**。

【注释】

　　收钓：垂钓结束，收起钓竿。　垂丝：钓丝(线)。

(7)《蝶恋花·桃花岛》下片：

空拍栏杆归路杳，湖口潮生，望断罗裙草。蝶去蝶来人总好。**三山隐隐桃花岛**。

【注释】

　　罗裙草：青草。五代牛希济《生查子》有"记得绿罗裙，处处怜芳草"佳句。

(8)《浪淘沙令·富春途中》下片：

渔火水中间，隐隐轻帆。富春弱柳不堪攀。红杏正开桃已绽，**浪打严滩**。

【注释】

　　严滩：亦称严陵濑，在富春山下，东汉严子陵垂钓处。

(9)《浣溪沙·雨晴》下片：

柳下人摇兰木棹，涛声渐小欲归潮。**一轮明月上林梢**。

【注释】

　　兰木棹：木兰棹。原指用木兰树制成的船，后多作船的美称。归潮：退潮。

(10)《浪淘沙令·襄阳》下片：

漫步鹿门游，鹦鹉滩头。隆中三顾数风流。试问英雄何觅处？**飞过啼鸠**。

【注释】

　　襄阳：今属湖北省，古为荆州治所。　鹿门：山名。在襄阳城南，唐代诗人孟浩然曾隐居此处。　鹦鹉滩：指鹦鹉洲，在湖北省汉阳江中。曹操令名士祢衡为鼓吏，服鼓吏装，以辱衡。衡于操前裸体更衣，至操营门外击鼓骂曹。洲上有祢衡墓。明朝末年，鹦鹉洲逐渐沉没。现在汉阳拦江堤外的鹦鹉洲，系清乾隆年间新淤的一洲，曾名"补课洲"，清嘉庆间将补课洲改名鹦鹉洲，并于光绪二十六(1900)年重修了祢衡墓。　隆中：在襄阳城西十五公里隆中山东,汉末诸葛亮隐居处。刘备曾"三顾茅庐",孔明应邀,辅佐刘备,终成三国鼎足之势。　风流:杰出,美好。

试问英雄何觅处?系反诘,只问不答。以"飞过啼鸠"结尾,因啼鸠不能回答,亦无须回答。

第二十七节　不着声色

不着声色,诗词表现手法之一。所谓不着声色,即不露锋芒,绵里藏针,喜怒不形于色。多用于讽刺、批评方面的题材。爱情类题材避免低俗,力争含蓄,给人只可意会,不可言传的感觉。例如:

(1) 南宋·辛弃疾《卜算子》:

修竹翠罗寒,迟日江山暮。**幽径无人独自芳,此恨知无数。**　只共梅花语,懒逐游丝去。**着意寻春不肯香,香在无寻处。**

【注释】

　　修竹:长竹。　迟日:春天。　梅花:喻爱国忠臣。　游丝:指阿谀奉承之流。　香:此喻复国将帅。

该词不露声色地批评了南宋朝廷昏庸,奸臣当道。

(2) 南宋·辛弃疾《鹧鸪天》下片:

追往事,叹今吾。春风不染白髭须。**却将万字平戎策,换得东家种树书。**

【注释】

往事:作者在北方作战时,曾带五十骑兵突入金营,捉拿叛将张安国,时年23岁。 却:一作"都"。 平戎策:作者曾向南宋朝廷上《美芹十论》《九议》等策略,皆未获准。 东家:指邻居。 种树书:种树的方法。

此处批评南宋朝廷,偏安江南一隅,醉生梦死,不管沦陷区民众死活,无意收复失地,统一中原,委婉而含蓄。

(3)《浣溪沙·闺夜思》:

惆怅春催豆蔻梢,莺飞蝶散可怜宵。**长眉日久未曾描。** 二十四桥何处是,**芳心总系沈郎腰。** 前年送别杏花飘。

【注释】

豆蔻:多年生草本植物,常喻少女之美。该句是说正值春天。 莺飞蝶散:谓春天即将过去。 可怜宵:美好的夜晚。 长眉:此指愁眉。唐代徐凝有"桃叶眉长易觉愁"的佳句。 二十四桥:原为唐代扬州桥名,此指女子的忧虑。杜牧《寄扬州韩绰判官》有"二十四桥明月夜,玉人何处教吹箫"的佳句。 沈郎腰:系典故。沈郎,指南朝宋沈约。沈约曾致书徐勉曰:"……百日数旬,革带常应移孔;以手握臂,率计月小半分。以此推算,岂能支久?"言以多病而腰围减损。后因以"沈腰"作身体瘦损的通称。

该词内容虽为相思,但不直露,显得含蓄,不着声色。

(4)《浪淘沙令·政府出新》：

服务有文章，冠冕堂皇。修桥补路又涂墙。**粉饰楼房临大道，半面新妆。** 巷里十分脏，老样无妨。须知政绩靠宣扬。**金字桥梁银字路，里外风光。**

【注释】

出新：推出新花样，如道路出新、商铺门头出新、老小区出新等"面子工程"。长期以来，上行下效。为了应付检查，弄虚作假，大搞形式主义，已成顽症。 修桥补路：电视和报纸经常曝光"桥糊糊""桥歪歪""路陷陷""路坑坑"……桥、路工程由于层层转包，层层截留，致使利润空间越来越小，有的承包者为了中标而行贿，为了利润而偷工减料，加之监理不严，甚至沆瀣一气，因此"豆腐渣工程"屡见不鲜，也就出现了新桥常修，新路常补现象。 半面：靠路那一面的楼房外墙。 "金字"句：据业内人士说："金桥银路铜房。"意为造桥利润最大，筑路利润次之，建房利润较小。

(5)《临江仙·无寐》下片：

渚上沙鸥惊未定，传来江上橹声。寒星冷月少人争。**劝君休独醒，锦绣好前程。**

【注释】

劝君休独醒，锦绣好前程：历史上因言获罪的，举不胜举。故有民谣："没心没肺，活着不累。""要想好前程，莫做明白人。"醒，清醒，明白。坦率直言。

专制政治的特点是神秘性、独裁性、随意性。民主政治的特点是透明性、民意性、科学性。

第二十八节 重词轻置

重词轻置,为诗词的表现手法之一。可以增加幽默,让人感到轻松舒缓。例如:

元·元好问《清平乐·嘲儿子阿宁》下片:

西家撞透烟楼,东家谈笑封侯。**莫道元郎小小,明年部曲黄牛。**

【注释】

撞透烟楼:指西邻在伤心家道衰落。 封侯:谓东邻正在庆祝升官发财。 元郎:指儿子阿宁。 部曲:本为军队编制,引申为统领、驱使。此指阿宁明年就能统领(放牧)黄牛了。

重词轻置或轻词重置,目的都是为了增加诗词的幽默感,让人引起联想,在收到良好效果的同时,使人感到轻松愉悦。但这种表现手法必须视题材而定,客观、严肃一类题材一般不宜采用,如悼亡等。

附 录 一

四呼五音与近体(格律)诗的语法特点

一、四呼五音

汉语传统语音学为了表达声韵的拼合关系,以韵母第一个字母发音时口唇的形状分为开口呼、齐齿呼、撮口呼、合口呼四类,简称"四呼"。韵母为 a、o、e 或以 a、o、e 开头的韵母为开口呼。韵母为 i 或以 i 开头的韵母为齐齿呼。韵母为 ü 或以 ü 开头的韵母为撮口呼。韵母为 u 或以 u 开头的韵母为合口呼。

1. 四呼韵母

(1) 开口呼:a、o、e、ai、ei、er、ao、ou、an、en、ang、eng。

(2) 齐齿呼:i、ia、ie、iao、iou、ian、in、iang、ing。

(3) 撮口呼:ü、üe、ün、üan、iong。

(4) 合口呼:u、ua、uo、uai、uei、uan、uen、uang、ueng、ong。

按照传统语音学,韵母 ong 归入合口呼,韵母 iong 归入撮口呼。

见《现代汉语》(高等教育出版社 1991 年版)第三节"韵母"第

65页普通话韵母总表。

以声母的发音部位可分为喉音、舌音、齿音、牙音、唇音五类，简称"五音"。

五音声母与宫商角徵羽对应表：

(1) 喉音（宫）声母：g、k、h。

(2) 舌音（商）声母：d、t、n、l。

(3) 齿音（角）声母：zh、ch、sh、r、z、c、s。

(4) 牙音（徵）声母：j、q、x。

(5) 唇音（羽）声母：b、p、m、f。

古人把从内到外：喉、舌、齿、牙、唇五个部位发出的音称为五音，叫作宫、商、角、徵（zhǐ止）、羽。宫是喉音，商是舌音，角是齿音，徵是牙音，羽是唇音。宋《切韵指掌图》三，有五句《辨五音例》如下：**欲知宫，舌居中。欲知商，开口张。欲知角（jué绝），舌缩却。欲知徵，舌挂齿。欲知羽，撮口聚。**见《国子监官韵诵唸·孝经》（2014年商务印书馆）。清徐大椿《乐府传声》曰："喉舌齿牙唇，谓之五音。……开齐撮合，谓之四呼。……喉舌齿牙唇者，字之所从生，开齐撮合者，字之所从出。"

我们读诗常会遇到这种情况：两首诗同样符合平仄格律，皆未出韵。其中一首读起来感到抑扬顿挫，如行云流水；而另一首却使人感到拗口、不通畅。若仔细推敲，便会发现四呼五音在某些相关字句上配合不够协调。换言之，我们在写诗填词时，用字不但要遵循平上去入四声的交叉使用，如上声多配去声。而且要注意四呼五音适当配合。一般而言，炼句炼字时，尽量避免一种呼音连续两次以上出现。

四呼五音比较复杂，不便用图表或公式表示。其实，写诗填词者不一定要精通乐律。在炼句炼字时，注意字音的高低长短适当配搭，呼音和谐，语句流畅，有节奏感即可。

二、近体诗的语法特点

1. 双音叠词

诗中的双音叠词,只能用于以下句型位置:五言第一、二字,如"临照太湖水,**萧萧**两鬓华"等。五言第三、四字,如"长江**滚滚**流,不浣世间愁"等。五言第四、五字,如"后人来吊古,徒自恨**悠悠**"等。七言第一、二字,如"**层层**白浪如墙倒,**点点**轻帆若有无"等。七言第三、四字,如"白发**萧萧**事业非,流金岁月忍相违"等。七言第五、六字,如"民间疾苦**萧萧**竹,可惜今朝缺板桥"等。七言第六、七字,如"扑面雪花山路遥,高低断涧水**迢迢**"等。

2. 诗句结构

近体诗五言句应呈"221"或"212"结构,不能呈"122"结构。七言句应呈"2221"或"2212"结构,不能呈"2122"或"232"结构。近体诗句,往往是以三字结尾。这最后三个字保持相当的独立性,虽然三字尾还可细分为二、一或一、二,但是它们总是构成一个整体。如果是五言,后三字和前两字是分成两个较大的节奏,如果是七言,后三字和前四字是分成两个较大的节奏。因近体诗句式总是每两个音节(即两个字)构成一个节奏单位,每一节奏单位相当于一个双音词或词组,所以一个双音叠词不能横跨五言句第二、三字。七言句第二、三字或第四、五字。

五言句若呈"122"结构,七言句若呈"2122"或"232"结构,原来的三字尾就变成了二字尾。若如此,诗句就会拗口不通畅,例如下页"语音节奏失调举例"前两例中"国母"句和"长安"句。然而,非叠韵的两个同音字,有时却可以用于此位置上(若五言即第二、三字位置)。如:"人生在世事无多,名利一生费琢磨。""世事"两个同音字则横跨七言第四、五两个字。因五言第二、三字或七言第四、五字之间是前后节奏交界处,我们读和吟时,往往会稍顿一下。

3. 语音节奏失调举例

(1)"淮襄州郡尽归降,鼙鼓喧天入古杭。国母已无心听政,书生空有泪千行。"(宋·汪元量《醉歌》)该诗第三句即呈"2122"节奏。

(2)"日中转柁到河间,万里羁人强自宽。此夜此歌如此酒,长安月色好谁看。"(宋·汪元量《湖州歌》)此首末句呈"232"节奏。

(3)"关中父老望王师,想见壶浆满路时。"(宋·陆游《书事》)"望王师"形成一个语音节奏,"望"与"王"既不是叠词又不能间隔,故有语音节奏失调感。同时"老""望""王"都是开口呼。

(4)"遗民泪尽胡尘里,南望王师又一年。"(陆游《秋夜将晓出篱门迎凉有感》)这里"望王师"中的"望"和"王"是分属两个语音节奏,故无语音节奏失调感,显得很流畅。

4. 呼音节奏失调举例

各地方言差异太大,只能以普通话为标准,借以提示,举一反三,并无贬低作者之意,所举例诗,古时应无失调感,亦当押韵和谐。

(1)"江城如画里,山晚望晴空。"(唐·李白《秋登宣城谢朓北楼》)"山晚望"三个字均系开口呼。

(2)"携琴向何处,因访梵王宫。"(明·林鸿《秋日登石壁精舍》)"访梵王"三个字,同为开口呼。

(3)"龙蛇戢戢风雷后,虎豹斑斑雾雨余。"(宋·曾几《食笋》)"雾雨余"三个字,"雾"是合口呼,"雨余"是撮口呼。合口呼与撮口呼若连续超过两个字,读时会缺少节奏感,不够流畅。

(4)"遥怜故园菊,应傍战场开。"(唐·岑参《行军九日思长安故园》)尾四字"傍战场开"都是开口呼。

(5)"时事诗书拙,军储临海愁。"(清·施闰章《舟中立秋》)首三字"时事诗"同韵母,均属齐齿呼与齿音。

(6)"饥民莫咨怨,第一念边兵。"(宋·尤袤《雪》)"念边兵"三个字同为齐齿呼。

在诗句与词句中,就"四呼"而言,除叠词以外,连续同呼音一般不要超过两个字以上,并且力避横跨两个语音节奏。七字句的语音节奏一般呈"2212"或"2221"节奏,避免呈"2122"或"232"节奏,而且上下句之语音尽量保持节奏统一。

此外,诗句中除双声、叠韵、叠词,练字练句时,相邻二字应注意上声和去声相搭配。

附录二

诗体、诗题、诗法主要词语简释

一、诗体

1. 古诗

也称古体诗、古风、往体,相对于格律严谨的近体诗而言。

唐初形成的格律诗逐渐在诗坛上占据主导地位后,时人遂将传统不合律之诗以及模仿传统风格的诗歌统称为古诗、古风、往体,一直沿用至今。

2. 古风

即古诗、古体诗、往体诗。唐代人常将效法古体诗的作品称为古风,风即歌咏之意,由《诗经·国风》引申而来。

古风有广义、狭义之分。广义的有四言、五言、六言、七言、杂言诸体。狭义的只含五言与七言。通常所称古风多指狭义而言。古风不讲粘对、不求对仗,平仄、用韵等也比较自由。

3. 四言诗

全篇每句四字或以四字为主。春秋以前的诗歌,如《诗经》,多为四言。汉代以后,格调稍变。自南朝宋、齐以后,作者渐少,终不流行。

4. 五言诗

由每句五字构成的诗篇,起于汉代。魏、晋以后,历六朝、隋、唐,发展成诗歌主要形式之一。有五言古诗、五言绝句、五言律诗、五言排(长)律。

5. 六言诗

全篇每句六字,始于西汉,后渐不流行。

6. 七言诗

全篇每句七字或以七字为主,当起于汉代民间歌谣,旧说始自《柏梁台诗》,到了唐代,大为发展。有七言古诗、七言绝句、七言律诗、七言排(长)律,为近体诗的主要形式之一。

7. 杂言诗

诗中字句长短间杂,无一定规律,是广义古体诗的一种。

8. 入律古风

对使用近体诗部分格式的古体诗的通称。其特点:①全诗皆用律句或基本上用律句。②换韵,且为平仄韵交替(亦有一韵到底)。③通常是七言,四句一换韵,换韵后第一句入韵,全诗似多首"七绝"组成。

9. 乐府

"乐府"之称始于西汉,本为国家音乐官署。初指乐府官署所采集的民歌及官署所创作的歌词,魏、晋时开始把入乐的诗称为乐府或乐府诗。

10. 歌行

汉、魏以后的乐府诗,题名为"歌""行"的颇多,二者虽名称不同,但并无严格的区别,故有"歌行一体"之说。形式采用五言、七言、杂言,富于变化。其音节、格律比较自由,是古诗的一种。"行",乃乐曲之意。

11. 近体诗

又称律诗、格律诗、今体诗、唐诗（唐人视为本朝诗体），是对唐代形成的律诗和绝句之通称，包括五言绝句、五言律诗、五言排（长）律、七言绝句、七言律诗、七言排（长）律。其声律格式、句数、字数、平仄、粘对、用韵等皆有严格要求。

12. 五绝

每首四句，每句五个字。共有四种格式，同时代表近体（格律）诗的四种基本句型。必须按照如下平仄粘对定式（"·"表示可平可仄，"～"表示韵脚）。

（1）首句仄起不入韵式：

仄仄平平仄，平平仄仄平。
平平平仄仄，仄仄仄平平。

（2）首句仄起入韵式：

仄仄仄平平，平平仄仄平。
平平平仄仄，仄仄仄平平。

（3）首句平起不入韵式：

平平平仄仄，仄仄仄平平。
仄仄平平仄，平平仄仄平。

（4）首句平起入韵式：

平平仄仄平，仄仄仄平平。
仄仄平平仄，平平仄仄平。

所谓平起与仄起，皆以首句第二字为准。所谓入韵，此指押（压）平声韵。以下同。

13. 五律

在五绝的基础上按照粘对规则延长一倍。即每首八句，每句五个字;中间两联要求对仗。五律的平仄定式凡四种("·"表示可平可仄,"～"表示韵脚)。

(1) 首句仄起不入韵式:

仄仄平平仄,平平仄仄平。
平平平仄仄,仄仄仄平平。
仄仄平平仄,平平仄仄平。
平平平仄仄,仄仄仄平平。

(2) 首句仄起入韵式:

仄仄仄平平,平平仄仄平。
平平平仄仄,仄仄仄平平。
仄仄平平仄,平平仄仄平。
平平平仄仄,仄仄仄平平。

(3) 首句平起不入韵式:

平平平仄仄,仄仄仄平平。
仄仄平平仄,平平仄仄平。
平平平仄仄,仄仄仄平平。
仄仄平平仄,平平仄仄平。

(4) 首句平起入韵式:

平平仄仄平,仄仄仄平平。
仄仄平平仄,平平仄仄平。
平平平仄仄,仄仄仄平平。
仄仄平平仄,平平仄仄平。

14. 七绝

每首四句,每句七个字,共有四种。须在五绝的每句前加上两个相反声调的字,则依次变为七绝的四种平仄定式("·"表示可平可仄,"〜"表示韵脚)。

(1) 首句平起不入韵式:

平平仄仄平平仄,仄仄平平仄仄平。
仄仄平平平仄仄,平平仄仄仄平平。

(2) 首句平起入韵式:

平平仄仄仄平平,仄仄平平仄仄平。
仄仄平平平仄仄,平平仄仄仄平平。

(3) 首句仄起不入韵式:

仄仄平平平仄仄,平平仄仄仄平平。
平平仄仄平平仄,仄仄平平仄仄平。

(4) 首句仄起入韵式:

仄仄平平仄仄平,平平仄仄仄平平。
平平仄仄平平仄,仄仄平平仄仄平。

15. 七律

每首八句,每句七个字。在七绝的基础上,按平仄粘对规则延长一倍;中间两联要求对仗。七律的平仄定式凡四种("·"表示可平可仄,"〜"表示韵脚)。

(1) 首句平起不入韵式:

平平仄仄平平仄,仄仄平平仄仄平。
仄仄平平平仄仄,平平仄仄仄平平。
平平仄仄平平仄,仄仄平平仄仄平。
仄仄平平平仄仄,平平仄仄仄平平。

(2) 首句平起入韵式:

平平仄仄仄平平,仄仄平平仄仄平。
仄仄平平平仄仄,平平仄仄仄平平。
平平仄仄平平仄,仄仄平平仄仄平。
仄仄平平平仄仄,平平仄仄仄平平。

（3）首句仄起不入韵式：

　　　　仄仄平平平仄仄，平平仄仄仄平平。
　　　　平平仄仄平平仄，仄仄平平仄仄平。
　　　　仄仄平平平仄仄，平平仄仄仄平平。
　　　　平平仄仄平平仄，仄仄平平仄仄平。

（4）首句仄起入韵式：

　　　　仄仄平平仄仄平，平平仄仄仄平平。
　　　　平平仄仄平平仄，仄仄平平仄仄平。
　　　　仄仄平平平仄仄，平平仄仄仄平平。
　　　　平平仄仄平平仄，仄仄平平仄仄平。

16. 排律

又称长律，分五言和七言，每首十句以上，多不限。和五律、七律一样，在绝句的基础上按平仄粘对规则延长，除首联和尾联，中间所有联均须对仗。

17. 律诗

有广义和狭义。广义指近体诗（又称今体诗、格律诗等）。狭义指近体诗中的五律、七律和排律（长律）。

18. 格律诗

又称律诗、近体诗、今体诗、唐诗。

19. 绝句

指近体诗中的五绝、七绝。又称小律诗、截句（截取律诗的一半）等。

20. 联句

两人或多人共作一诗，相联成篇。多为一人出上句，另一人接下句，以续成一联，继而再出上句，轮流相续，完成全诗。多用于朋友相聚宴饮之间。

21. 集句

分杂集与专集。前者采集诸家或某一朝代的诗句,集成一首或数首完整的诗篇。后者专集某位诗人或某本诗集之句,以完成诗篇。

22. 拗体

平仄不依常规之近体诗。盛唐以后,无论律诗、绝句,每一句和每一联的平仄均有严格限制,有意识地突破此种限制,故意失粘、失对,称为拗体诗。一联不合常律称为拗句格。若只有一句平仄不谐律,仍视为律绝。初唐时,近体诗律尚未成熟,故初唐不存在拗体。

23. 拗绝

拗体绝句。指五绝、七绝中每句平仄不依常格,故意失粘、失对。如唐孟郊五绝《邀花伴》、唐杜甫七绝《春水生》等。

24. 拗律

拗体律诗。唐人拗律分两种,其一无规律可循,由杜甫首创。如杜甫七律《题省中院壁》等。其二有规律可循,由晚唐许浑开创。每首往往只拗一联,在第三、四两句,上下句第五字平仄互换。如其七律《登故洛阳城》等。

二、诗题

1. 同

即和(hè)诗。

2. 和

即诗人之间以诗词互相唱和。首作者称唱,酬答者称和。和诗须依原诗的体裁及内容。

3. 奉和

古代臣僚应皇帝之命,和其所作,称奉和或奉同。

4. 应制

古代臣僚奉皇帝之命所作、所和的诗,称应制。

5. 应令

臣僚应太子之命,和其所作之诗,称应令。

6. 应教

臣僚应诸王之命,和其所作之诗,称应教。

7. 口占

随口吟成之诗。此类以绝句为多。

8. 口号

随口吟成,其表情达意务在通晓,不假雕饰,与口占有相似之处。

9. 分韵

又称"赋韵"。指在选定某些字为韵脚后,数位作者分拈韵字,然后依照所拈韵字作诗。

10. 分题

又称探题。数人相聚,分找题目作诗。

11. 赋得

摘取前人成句为题,须在题首冠以"赋得"二字。

12. 依韵

作和诗时,用原诗同一韵部的字。其余不限。

13. 用韵

作和诗时,用原诗的原韵、原字,不依次序。

14. 次韵

作和诗时,按原诗的原韵、原字、原次序,亦称步韵。

15. 限韵

可分两类:一是限韵不限字;二是限韵兼限字。

三、诗法

1. 出句

律诗两句一联,每联的上句称出句,因系单数,故也称单句。

2. 对句

律诗每联的下句称对句,因对句皆系双数,故也称双句。

3. 首联

指五律、七律而言。此种诗体每首共八句,分为四联,其第一、二句称首联,亦称发端、起联、破题等。

4. 颔联

五律、七律的第三、四句称颔联,又称次联、胸联。

5. 颈联

又称腹联。指五律、七律的第五、六句。

6. 尾联

即五律和七律第七、八两句。

7. 押韵

也作"压韵"。将韵母相同或相近的字(韵脚)有规则地安排在诗句末尾,以便声调和谐。

8. 韵目

将同韵的字集在一起,取其中一字为代表,排在部首,称韵目。

9. 宽韵

字数较多的韵部,称宽韵。

10. 窄韵

与宽韵相对而言,指字数较少的韵部。

11. 险韵

又称僻韵,指常用字极少的韵部。

12. 邻韵

指韵部排列相邻,语音相近之韵。

13. 借韵

律诗首句若用邻韵,称借韵(只限首句)。

14. 重韵

同一个韵字在一首诗中重复出现,称重韵。重韵为律诗大忌。

15. 转韵

即换韵。只限于古体诗(古风),且有一定规则。

16. 出韵

亦称违韵、失韵、落韵。指律诗押韵违反格律,用不属于同一个韵部的字为韵脚。出韵是近体诗押韵之大忌。

17. 通韵

指两个或两个以上的韵部可以通押,或其中一部分可以通押。如"平水韵"中的"一东"与"二冬"、"四支"与"五微"、"十四寒"与"十五删"等。古体诗通韵较宽,近体诗则有严格的限制。

18. 失对

近体诗的一联内上下两句的平仄要相反,即相对,否则称失对,尤其是五言第二、四字,七言第二、四、六字。

19. 失粘

近体诗中上联的对句和下联的出句平仄要相同(三字尾除外),即相粘。否则谓之失粘。

附:近体(格律)诗粘对图表(1～8 表示句数):

```
1 ┐
2 ┘ 对
3 ┐ 粘
4 ┘ 对
5 ┐ 粘
6 ┘ 对
7 ┐ 粘
8 ┘ 对
```

20. 孤平

指近体诗句中除韵脚外只有一个平声字(只限"平平仄仄平"句型)。其余三种基本句型的首字均可平可仄。

21. 三平调

又称连三平、三平切脚、下三连。指近体诗句末尾连用三个平声字。与孤平同为律诗禁忌。

22. 三字尾

指诗句末尾三个字的平仄格式。唐代以后的五言、七言古诗(古风),其三字尾多呈仄平仄、平仄平、仄仄仄、平平平四种形式。近体诗三字尾均为平平仄、仄仄平、平仄仄、仄平平四种形式。

23. 基本句型

指近体诗句的基本平仄格式。因无论五绝、七绝、五律、七律及长(排)律,虽千变万化,但其基本句型只有四种:

(1)仄仄平平仄,(2)平平仄仄平。
(3)平平平仄仄,(4)仄仄仄平平。

若是七言,须在上述五言句前分别加上两个声调相反的字。即在仄仄前加平平,在平平前加仄仄。如此,上述四个五言句型以七言表示则为:

(1)平平仄仄平平仄,(2)仄仄平平仄仄平。
(3)仄仄平平平仄仄,(4)平平仄仄仄平平。

所谓基本句型,就是不能再简单了,因少于五言,则不成近体诗句型。

24. 拗救

在近体诗中,凡不合平仄格(定)式的字称"拗"。可分大拗和小拗。大拗必救,小拗可救可不救。所谓"拗",指该平的用了仄,该仄的用了平。所谓"救",指在相关位置改变原平仄格式,对"拗"

进行补救;以调节音调,使其和谐。

25. 对仗

五律、七律中的第三句和第四句、第五句和第六句,分别要求对仗(对偶),排(长)律中除首联及尾联,其余联皆要求对仗(对偶)。在一联中由两个字数相等、词类相同、词义相反、结构相同或相近、平仄相对的句子构成,其两两相对,如同古代仪仗队,故名。对仗主要分工对(严对)与宽对两种。此外还可分言对、事对、意对、正对、反对、借对(假对)、虚实对、流水对、移柱对(换柱对)等。

1) 工对

即严对。对仗须实词对实词,虚词对虚词。具体为名词对名词,动词对动词,代词对代词,副词对副词,数词对数词,量词对量词,介词对介词,连词对连词,形容词对形容词……名词中又分天文、地理、时令、器物、衣饰、饮食、文学、文具、人事、形体、人伦、草木、方位、鸟兽虫鱼等门类。动词还分自动词、他动词、能愿动词、趋向动词等。对仗词语要求词类(分门类)相同,词义相反。

2) 宽对

与工对相对而言。词类(不分门类)相同,词义相反,便可相对。

3) 言对

指对偶而不用故事。如李白《送友人》诗中"青山横北郭,白水绕东城"之句。温庭筠《利州南渡》诗中"数丛沙草群鸥散,万顷江田一鹭飞"等。

4) 事对

指假借历代人事以成对偶。

5) 意对

即字面不对,而意义相对。

6) 正对

指事异而义同。为对仗之大忌。如孟阳《七哀》中的"汉祖想枌榆,光武思白水"。汉高祖刘邦系沛县枌榆乡人,光武帝刘秀生于南阳白水乡。"思""想"为同义词,"枌榆""白水"均为故乡名。

7) 反对

上下两句词义相反的对偶称反对。反对为优。如孟浩然《与诸子登岘首》中的"水落鱼梁浅,天寒梦泽深"。李白《塞下曲》之"晓战随金鼓,宵眠抱玉鞍"。

8) 借对

借用某个字音或多义词中的某一义,构成对仗,也称假对。如李商隐《锦瑟》:"沧海月明珠有泪,蓝田日暖玉生烟。"借"沧"为"苍",以与"蓝"对。

9) 虚实对

即用虚字对实字,非实体对实体。如陈与义《清明》诗中的"寒食清明惊客意,暖风迟日醉梨花"。

10) 流水对

指对仗的一联中之两句关系不对立,单句意思不完整,合起来才构成一个意思,似水顺流而下,两句语意一气贯之,不可分割。如杜甫《闻官军收河南河北》:"即从巴峡穿巫峡,便下襄阳向洛阳。"

11) 移柱对

又称换柱对。五律、七律的中间两联对仗为常规。如首联本不要求对仗而对仗,而颔联该对仗却未对仗,似相互交换,故称移柱对或换柱对。

26. 合掌

指对仗的一联中,出句和对句完全同义或近义,称合掌。为对仗之大忌。

27. 平仄

声律专名。古代汉语声调分平、上（shǎng）、去、入（短而促）四声。平，指四声中的平声，包括阴平与阳平二声。仄，指四声中的仄声，包括上、去、入。平声与仄声相互调节，以求音调和谐，谓之调平仄。

28. 进退格

亦称进退韵。两韵间押，即第二、第六句用甲韵，第四、第八句则用与甲韵相通的乙韵。如"寒、删""鱼、虞"等。一进一退，相间押韵，故称。

29. 辘轳格

也称辘轳韵。即律诗第二、第四句用甲韵，第六、第八句用与甲韵可通的乙韵。如先用"七虞"，后用"六鱼"等。双出双入，此起彼落，好似辘轳，故称。无论"进退韵""辘轳韵""通韵"及"邻韵"，均指平水韵韵目。

30. 一三五不论

指七言律诗句中的第一、三、五字平仄可以不拘。五言律诗则为一、三不论。此种说法虽简洁明快，但不够全面、准确。如对五言律绝诗中"平平仄仄平"句型就不适用。

31. 二四六分明

指七言律绝诗句中的第二、四、六字必须严守平仄定式（五言则为二、四分明），此说正确。

32. 八病

声律术语。南朝宋沈约所提。即平头、上尾、蜂腰、鹤膝、大韵、小韵、旁纽、正纽八种作诗弊病。前四条有关四声，后四条有关声母、韵母。旨在探讨声韵的变化。但因讲求太过，转为束缚，连沈约本人亦难遵守。他在《答陆厥书》中说："宫商之声有五，文字之别累万，以累万之繁，配五音之约，高下低昂，非思力所举……"

后世无人能守,故不足为凭。

33. 六义

所谓六义,指《诗经》中的**风**、**雅**、**颂**三种题材和**赋**、**比**、**兴**三种修辞手法。前者指诗的内容,后者指诗的艺术表现手法,皆是对《诗经》而言。《诗·周南·关雎·序》:"是以一国之事,系一人之本,谓之风;言天下之事,形四方之风,谓之雅。""颂,美盛德之形容,以其成功,告于神明者也。"《揅经室集·释颂》:"乐章而兼有舞容者为颂,与风、雅之仅为徒歌有别。"

换言之,"风",是各国的民歌。"雅",是周王朝王都之歌,多咏王政的所由兴废,而王朝政事有大、小,故分"大雅"和"小雅",反映周王朝的重大事件或重大措施为"大雅",次之即为"小雅"。"小雅"多为批评当时朝政过失,歌颂讨伐胜利,如《采芑》等。**"风"**与**"雅"不配乐,故称徒歌**。而**"颂"**则不同,"颂"是庙堂祭祀的乐章,须**配乐**,**并兼舞**。颂扬先人功德,以其功绩告于神明,**故称乐章**,以别徒歌。

"赋",是铺叙其事。**"比"**,是指物譬喻。**"兴"**,是借物以起兴。用今天的说法,赋,即叙述;比,即比喻;兴,则兼有引起、渲染和承上启下之作用。

附 录 三

读词常识简要

1. 词的名称与特点

词,是曲子词的简称,即歌词。曲指音乐部分,词指文辞部分,二者密不可分。《艺概》说:"词即曲之词,曲即词之曲。"《乐府余论》说:"以文写之则为词,以声度之则为曲。"

词有定调,调有定句,句有定字,字有定声,声有定音。词源于隋,成于唐(含五代),盛于宋。有人将词称为诗余、乐府、长短句、琴趣、乐章、语业等。

2. 词调

词调是由曲调转化而来。唐宋词调的来源,大约可分下列6类。

(1) 来自边疆或外域。

(2) 来自民间。

(3) 创自教坊、大晟府等音乐机构。

(4) 创自乐工歌伎。

(5) 摘自大曲(大型歌舞曲)、法曲(道观所奏之曲)。

(6) 词人自度(duó)曲。唐宋词人中不乏精通乐律者,他们自己创制词调,如柳永、周邦彦、姜夔、吴文英等。他们既是词人,又是音乐家。

3. 词牌

词始于隋唐,孳衍于五代,盛极于赵宋。上承诗,下沿曲,源同而流异,泾渭分明,不容混淆。曲调失传以后,词与音乐脱离,只保留了同歌曲结合在一起的文辞部分。不同曲调的歌词,其段(片)数、句数、韵数、字数和平仄等,各有不同格式,对这些格式称为"词调",每种词调都有特定的名称,叫"词牌"。

4. 词谱

每个词调都有曲谱,可惜都未流传下来。清康熙时陈廷敬等奉旨,在清万树《词律》的基础上外加旁征博引,仔细考究,编成《钦定词谱》40卷,列826调,计2 306体,并在每调下注明调名的来源、句法的异同、平仄之依据,是目前最为完备的词谱。

5. 按谱填词

词在初起时,调名往往就是题名,内容与调名完全符合。词是按谱填词,有些词人又是音乐家,自己制调,自己作谱,自己填词,谓之"自度(duó)曲"。但这类人是很少的,一般人作词,本来就不要求合乐歌唱,只选取前人作品为范例,依其字句声韵填之。如此,词已诗律化了。只按照曲的诗律而不按照词的音律来填词,这已不是按谱填词的原意了。

6. 词的分类

词调主要分令、引、近、慢四类。令,来自唐代的酒令,令词一般字少调短。至于多字令(《六幺令》《胜州令》),毕竟是个别的。引,就是在歌前的意思,所以引词是截取大曲中的前段部分的某片制成。近,又称近拍。近词和引词一般都长于小令而短于慢词,所以又称中调。慢,是慢曲子的简称,与急曲子相对而言,慢曲子多为长调。若按字数,词可分为三类,即小令(14~45字)、中调(46~96字)、长调(97~240字)。

7. 词的变格

词的变格有犯调、转调、摊破、减字、偷声、联章、调同名异与调异名同、调同句异与调异句同。

犯调,即西乐中的转调。

转调,就是增减旧腔,转入新调。词中的转调与西乐中的转调不同,西乐中的转调等于词中的犯调。

摊破,是由于乐曲节拍的变动而添声增字,并引起句法、协韵的变化,摊破后的词在某些部分打破了原来句格。如宋李清照《采桑子》,双调,上下片共八句四十八字。而宋赵长卿《摊破采桑子》,则双调,上下片共十二句六十字。

减字及偷声的原因和摊破相同,不过不是添声增字,而是偷声减字,另成新调。减字,如五代前蜀韦庄《木兰花》(一作《木兰花令》),双调,上下片共九句五十五字。而宋欧阳修《减字木兰花》,则双调,共八句四十四字。偷声,如五代南唐冯延巳《偷声木兰花》,双调,上下片共八句五十字,上下片两起句仍押仄韵,而两结句则偷转平声。

联章,把两首以上同调或不同调的词按照一定方式联合起来,组成一个套曲,歌咏同一个或同类题材,即称联章。

至于调同名异与调异名同及调同句异与调异句同,相关词牌皆有说明。

8. 字声与词调

作词除了依据平仄,有时还须分辨四声(平、上、去、入)中的清(阴)浊(阳),同时注意四呼(开口、合口、撮口、齐齿)与五音(喉、舌、齿、牙、唇)的相互配搭,不能失调。即相连的字若系同呼或同音,一般不能超出两个以上,这和"遇仄不能以三声(上、去、入)概填"的道理是一样的。

9. 双声和叠韵

双声,两个字的声母相同,叫双声。如"仿佛""参差""威武"等。叠韵,两个字的韵母相同,称为叠韵。如"扬航""忧愁""中统"等。"词句中用双声、叠韵之字,自两字之外,不可多用。"(见《艺概》卷四)

10. 词韵

词虽始于隋唐,但唐代并无专供填词用的韵书。南宋以前,亦无一部人人遵守的词韵。北宋末年,朱希真尝拟应制词韵十六条,列入声韵四部。其后张辑、冯取洽分别加以增释,但这些书早已失传。无名氏的《词林韵释》又名《词林要韵》,按此书将入声分别派入三声,不另立部,实为北曲而作,是曲韵而非词韵。清代著词韵的人很多,其中以戈载的《词林正韵》影响较大,所以论词韵都以此书为准。

词韵来源于诗韵,是把诗韵再加以组合。《词林正韵》列平、上(shǎng)、去为十四部,入声为五部,共十九部。其实和诗韵并无实质性区别。

11. 词的押韵

词的押韵复杂多变,大约可分下列11类:

(1) 一首一韵,如《渔家傲》等。

(2) 一首多韵,如《菩萨蛮》等。

(3) 以一韵为主,间叶他韵,如《相见欢》等。叶,同"协",声音协和,即押韵。

(4) 数韵交叶,如《钗头凤》等。

(5) 叠韵,如《长相思》等。

(6) 句中韵,如柳永《木兰花慢》、苏轼《醉翁操》等。

(7) 同部平仄韵通叶,如《西江月》等。

(8) 四声通叶,如《贺新郎》《定风波》等。

（9）平仄韵互改，如《声声慢》《雨中花》《玉楼春》等。

（10）平仄韵不得通融，指某些词调有平韵体和仄韵体，若押仄韵，例押入声，如《忆秦娥》《满江红》等。

（11）叶韵变例，指通首以同一个字为韵，实际等于无韵，近乎文字游戏。如辛弃疾《水龙吟》、黄庭坚《瑞鹤仙》等。

12．词的分片

词的一段称作"一片"，一片就是一遍，是说音乐已奏了一遍。乐奏一遍又叫一阕（乐终曰"阕"），所以片又称"阕"（一首词也可叫一阕）。一首词若两段，称第一段为"上片"，第二段为"下片"。片与片之间的关系，在音乐上是暂时的休止而非终了，所以在文辞上要若断若续，保持内在联系，过片处要承上启下。

根据词的段落多少，习惯上称单调、双调、三叠、四叠。即词只有一段的称单调，分两段的称双调，有三段的称三叠，有四段的称四叠。

13．词的句式

词的句式长短不齐，从一字句到十字句都有。恕不赘举。

14．词的领句字

词句中，句首呈单独节奏的一个字往往是领句字，而且多为去声字。《词旨》中列举常用领句字的单字主要有任、自、正、待、乍、怕、总、问、爱、奈、似、料、想、更、算、况、怅、快、早、尽、嗟、凭、叹、方、将、未、已、应、若、莫、念、甚、怎、恁、又、这、你、渐、也、须、望、恨、纵、尚、且等字。

15．词律

文词的声调格律。清万树撰《词律》二十卷，校订诸词平仄音韵、句读（dòu）异同，确定规格，纠正了过去流传词谱的不少错误。辨元人曲词之分，斥明人自度腔之谬，皆有依据。